KB070718

일 년 엄마와 산소 여자

42년의 시간 속
강원도 초등학교 교사 이야기

최승숙 지음

목차

✎ 이야기를 시작하며

　저는 춘성군 사북면 오탄리(지금은 춘천시 아랫말길)에서 1960년 4·19 혁명이 일어난 다음 주 25일에 2남 3녀의 장녀로 태어났습니다. 지금은 없어진 오탄국민학교에서 3학년 때 남춘천국민학교로 전학을 가서, 춘천에서의 고단한 초, 중, 고, 대학 생활을 했습니다. 대학교 때 5·18 민주화 운동이 터져 2학기에 교생 실습을 하고 춘천 생활을 마칩니다. 1981년 3월 10일 삼척군 황지읍 상장국민학교로 발령을 받아 그곳에서 5년, 그리고 동해시로 내려와 동호초, 망상초, 동호초, 동해중앙초, 다시 삼척 흥전초, 동해 남호초, 삼척 흥전초, 동해 남호초, 망상초를 거쳐 교감으로 승진해서 삼척 정라초와 도계초, 그리고 2023년 2월 28일 삼척 맹방초에서 교직 생활을 마칩니다. 42년에서 9일이 부족한 41년 11개월 21일입니다.

　고생스럽다면 고생스러웠을 어린 시절과 청소년 시절을 거쳐 아무도 아는 사람이 없는 황지에서의 혼자살이는 교사라는 직업의 나를 더욱더 고단하게 했습니다. 그러나 탄광촌의 아이들은 초롱초롱한 눈과 보석들을 가슴에 담고 있었고 도시에서 온 띠동갑 선생님에게서 배움을 갈구하는 모습은 내게 희망과 엄마 같은 삶을 살게 했습니다. 그리고 지속적으로 산소를 공급하며 삶을 키워나가게 했습니다.

　이제 새로운 인생을 시작하며, 그동안 있었던 에피소드들을 모아 작은 이야기책을 만들어 봅니다.

　남들이 보기에 보잘것없어도 제게는 너무나 소중한 사연들입니다. 혹시 이 글을 읽으며, 개인적인 어린 시절을 꺼내 놓아 속상할 수도 있고, 개인 정보가 노출될까 봐 두렵기도 할 수 있습니다. 그러나 그건 모두 제 탓입니다. 제가 가지고 가겠습니다. 제게만 있는 기억일 수도 있습니다. 제 기억과 다를 수도 있을 겁니다. 인간인 저는 제멋대로 저장하기도 했을 겁니다. 그런 것들은 알게 되면 모두 모두 수정하겠습니다.

아이들의 담임이 되면 일 년 동안은 아이들의 엄마로 최선을 다하며 나는 '일 년 엄마'라는 이름으로 살았습니다. 그리고 나 자신에게는 끝없이 산소를 뽑아 에너지 충전을 하면서 '산소 여자'로 살았습니다. 육십 평생을 살아오면서 나름대로 떳떳하게 최선을 다하며 살았습니다. 그러나 과하고 지나친 것들도 있어 제자들에게 무릎을 꿇고 빌기도 했습니다. 부족하지만 그들의 상처가 모두 치유되기를 진심으로 바랍니다.

시대와 정책을 따라 다닌 못난 교사였음도 이제야 지면을 통해 고백합니다. 교육 철학은 개똥철학이었을 겁니다. 비겁함도 알고 있습니다. 그러나 그게 공교육을 하는 교사의 길인 줄 알았습니다. 돌아보니 바보 같고 너무나 부끄럽습니다. 지우개로 지울 수도 없는 시절이었습니다.

돌아가신 아버지, 늙은 엄마, 병든 남동생, 도시락 싸 준 여동생, 철없는 여동생, 먼저 간 막냇동생까지 모두 고맙습니다. 벌거벗고 삼십 리를 뛴다는 억척스러운 우리 집안 수성 최씨네도 고맙습니다.

평생 내 곁에서 네 번의 대수술 시중을 열심히 들어 살 수 있게 해주고 아이들의 교육에서는 늘 내 편이 되어 주었던 남편 양경수 씨와, 너무나 잘 자라 준 우리 삼 남매(나래, 빛나, 찬솔)와 그들의 짝 최정현과 김도원, 그리고 소중한 우리 손녀 최하랑과 김유나에게도 부끄러운 내 과거를 조심스럽게 꺼내 놓습니다.

지금까지 만난 아이들과 교직원님들, 그리고 나랑 연결된 가족

여러분, 모두 나의 소중한 인연들이었습니다. 모두 고맙습니다. 그 고마움과 감사함을 여기에 담았습니다. 다시 한번 머리 숙여 고맙습니다. 그리고 사랑합니다.

세컨 하우스에서 제2의 인생을 시작하렵니다. 부곡동 자치 위원, 화초랑 다육이 키우기, 캘리그라피 쓰기, 책 읽기, 여러 가지 차 만들고 그 차를 함께 나누어 마시기, 퇴직 교사 며느리의 시어머니 공부방도 하면서 잘살아 보겠습니다.

2023년 2월 28일

아이들의 일 년 엄마, 나는 산소 여자

첫 봉급 명세서

1981년 3월 17일 화요일, 첫 봉급을 탔다.

발령을 3월 10일 자로 받고 딱 일주일 만에 받은 봉급이다. 누런 봉투에 잔돈까지 들어 있었으니, 진짜 봉급이 맞다.

돈은 145,660원이다.

친절한 봉급계 선생님께서 3월 한 달을 근무한다는 조건으로 17일에 봉급을 준다고 했다. 그러니까 앞으로 남은 3월에는 아이들에게 더 열심히 가르치라는 의미라고 하셨다.

명세표에 들어 있는 내용은 다음에 알려 준다고 하셨는데, 지금까지 해결하지 못한 숙제를 교감이 되어 신규 교사들에게 알려 주면서 정확히 알게 되었다.

이제 얼마의 시간이 되든 이 황지골에서 아이들과 잘 지내고, 선배 선생님들이 하라는 대로 열심히 따라 하다 보면 교사가 되고 선생이 되겠지. 나는 이 돈의 가치와 쓸모에 대해 밤새 생각하다 아침을 맞이했다.

같이 발령받은 친구 둘과 떡, 과일을 사고 교무실에 모여 나누어 먹었다. 부모님 등을 위해 내복과 선물을 사라는 팁도 나눔 속에 들어 있었다. 그 주 토요일에 수업을 마치고 원주 가는 기차, 춘천 가는 버스, 사창리 가는 버스로 이어지고 저녁 9시가 다 되어 고향 집에 도착했다.

부모님과 네 동생, 나의 태백산 밑 황지 이야기로 긴 밤이 짧기만 했다.

이제 동생들 학비 걱정은 없겠다는 엄마 말씀에 방통대 편입 이야기를 어렵게 꺼냈다. 그리고 생활비와 약간의 학비를 남기고 모두 고향 집으로 보냈다. 동생들의 날개가 되는 향토 장학금으로.

기차 타고 오는 월급

  그때는 태백이 삼척군 황지읍이었다. 봉급계 선생님과 주무관님은
전날 삼척교육청 근처에서 주무시고 지폐와 동전 등을 계산해서
받으신 후, 도경리에서 기차를 타셨다. 기차가 도착한 철암역에서 황지
쪽으로 오는 버스를 탔다. 학교 앞에서 리어카에 돈을 받아 가지고
숙직실로 가면, 나는 봉급계 선생님과 주무관님 옆에서 봉투 확인
작업을 몇 번씩 했다. 그리고 학교에서 쓴 회식비와 옷값 등을 제한 후
따로 담았다. 3월 월급 이후 이 일은 계속되었다.

  팍팍한 살림에 봉급은 교사들이 숨을 쉴 수 있는 산소 저장고였다.
그걸 쪼개어 처녀 총각단들은 춘천으로, 여수로 여행을 다녔다. 버스도
타고 기차도 타면서 다녔다. 가정을 가진 분들은 계를 했다. 그래도
외부에 맡기는 것보다는 안전하게 목돈을 만들 수 있다고 생각했을
것이다.

처음에는 따로 주는 급식비(매월 1일에 줌)를 가지고 계를 들어서 선생님들이 돌아가며 곗돈을 탔다. 나도 그 계를 들었고 그 곗돈으로 결혼식을 올렸다. 그 시절 백만 원은 어마어마한 돈이었다.

지금은 나이스에서 급여를 누르면 지급명세서가 나온다. 그걸 누르면 나의 월급을 알 수 있고, 상여금 또한 확인이 가능하다. 누런 봉급 통장 대신, 문서 속에서 주는 월급은 통장에 찍혀 한 달의 수고로움을 대신하고 있다.

106명 아이들과의 첫 수업

1981년 3월 2일, 엄청 추운 날씨에 운동장에서 입학식과 시업식을 하고 아이들은 교실에 들어갔다. 교사들은 교무실에 모여 담당 업무와 학년을 발표했다. 나는 2학년 2반이란다. 출석부를 들고 교실로 가려는데, 교무 선생님께서 부르셨다. 오늘 전학생이 30여 명이라 이걸 처리해야 하니까 당분간 1반까지 수업을 하라고 하셨다.

교실에 들어가 아이들을 보니 두 반을 합쳐서 106명이었다. 한 반에 58명이었으니, 정신이 하나도 없었다. 복도에 키 순서대로 세워서 아이들을 앉혔는데 책상은 길쭉하고 의자는 세 개씩 놓아 옛날 교회의 의자같이 생긴 모양이었다.

며칠 뒤 학부형이 오셔서 난리가 났다면서 교장실로 가라고 하셨다. 교장실에 가니 학부모가 오셔서 아이를 의자에 앉히지도 않고 바닥에서 공부하게 했다면서 하얀 스타킹 무릎이 새까매졌다고 삽자루를 메고 가만두지 않겠다고 했다. 교장 선생님께서 잘 훈계하여 이런 일이 다시는 없도록 하겠다고 다독거려 보내고, 난 무릎을 꿇고 두 손 들고 벌을 받았다. 그때 당시 교장 선생님은 고3

때 내 짝 아버지였다. 얼마 후 교감 선생님께서 오셔서 본인이 잘 교육시키겠다고 그만 용서해 달라고 해서 벌 받는 일은 끝나고 교실로 내려왔다. 그때 교감 선생님은 교생 실습할 때 부속 초등학교 6학년 담임 교사셨는데, 승진해서 오셨던 분이셨다.

그 아이들과의 합반 수업은 3월 한 달 동안 계속되었다. 그리고 교실을 합판으로 막아서 두 반이 되었다. 그 후에도 교무 선생님이 바쁘시면 운동장에서 체육도 같이하고 미술도 같이했다. 그렇게 시작되어 그림과 글씨를 잘 쓴다는 이유로 복도의 시화 100개 이상을 그림 그리고 글씨를 써서 달았다.

외삼촌이 준 가리방

외삼촌은 철암중·고등학교에 근무를 하고 계셨다. 선생 발령을 축하한다고 선물을 받으러 철암으로 오라고 했다. 한 시간도 더 걸려 멀미를 하며 도착한 관사는 아이 둘 키우며 살림집으로 쓰기에는 참 어설프고 초라했다.

삼촌의 선물, 그건 쓰시던 가리방이었다. 지금으로 치면 중고 노트북이라고 할 수 있을 것이다.

학교에 가리방을 가져가니, 학년 선생님들이 너무 좋아하셨다. 학교에 하나밖에 없어서 그걸 돌려 가며 각종 인쇄물을 만들어 내느라 순서를 기다리거나 한밤중에 쓰곤 했단다.

그걸로 노래 악보도 그리고, 시험 문제도 출제하고, 시화집도 만들었다. 처음에는 등사 잉크로 손에 검정 칠하기 일쑤였는데, 점점 속도도 붙고 척척척 기계화되었다.

5년 동안 잘 쓰고, 동해로 발령받아 올 때 학교에 떼어 놓고 왔다.

그렇게 만들어진 동시집은 판화 작품처럼 인쇄되어 아직도 내게 소중한 선물로 남아있다. 그때 함께 잉크를 묻힌 아이들도 이걸 다 가지고 있을까???

〈늘푸른 동시집〉

선생님, 돼지머리에서 어디가 제일 맛있게요?

2학년 아이들 세 명이 나머지를 하고 있다.

어차피 그 아이들이 사는 곳으로 가는 버스가 3시 30분에 있어서, 그 시간까지는 데리고 있어야 한다. 구구단 8단까지 가면 다시 6, 7단을 잊어버려서 다시 하기를 반복하던 어느 날,

"선생님, 돼지머리에서 어디가 제일 맛있게요?"

"응? 선생님은 안 먹어 봐서... 넌 어디가 제일 맛있어?"

"전요, 귀도 맛있지만, 코가 제일 맛있어요."

"선생님, 돼지 코 가져다드릴까요?"

"아~~ 아니다. 이제 구구단 외우자."

아이가 돼지머리 이야기를 한다. 어머니가 무녀여서 매일 그 집에는 굿이 열리고 돼지머리가 늘 삶기고 있었다. 매일 코를 질질 흘리고 있지만, 병설 유치원 다니던 4살짜리 우리 딸이 제일 좋아하던 오빠였다. 결국 우리 딸이 오빠의 구구단을 같이 외워 그 아이는 나머지를 끝냈다. 그리고 더 빠른 버스를 탈 수 있었다. 다른 두 아이들도 같이. 지금도 족발이나 편육을 보면 그 아이가 생각난다. 잘 지내고 있겠지. 그 후에는 한 번도 그 아이 이야기를 듣지 못했다.

구구단과 돼지머리, 그 아이의 집 대문에 있던 알록달록한 깃발은 찢어지고 없어졌다. 그 아이도 엄마도 다른 삶을 사는가 보다.

어부의 노래, 다시 듣고 싶다

아침마다 나를 기다리는 아이가 있었다. 매일 나에게 노래를 불러주기 위해서 기다린다.

♫ 푸른 물결 춤추고 갈매기 떼 넘나들던 곳
내 고향 집 오막살이가 황혼빛에 물들어 간다

어머님은 된장국 끓여 밥상 위에 올려놓고
고기 잡는 아버지를 밤새워 기다리신다

그리워라 그리워라 푸른 물결 춤추던 그곳
아- 저 멀리서 어머님이 나를 부른다

그 아이는 바다를 가 본 적이 없다고 했다. 그리고 3학년인데 글씨를 모른다. 내가 바다를 처음 본 게 대학생 때였고, 너무 감동적이라고 하니까 이 노래를 배웠다고 했다. 그리고 날 위해 매일 아침 이 노래를 불렀다. 그 노래 가사를 가지고 글씨를 가르쳤다. 지금도 구성지게 노래를 잘 부르겠지. 너의 노래를 다시 듣고 싶다. 이 노래는 漢詩(한시) 故鄕(고향)에서 가져온 번안곡인 걸 나중에 알게 되었다.

제가 태교를 잘못했어요

그 시절에는 월요일 아침마다 애국 조회를 하고 난 다음에 저축을 했다. 인근 새마을금고에서 와서 통장과 돈을 수거해 가고, 수요일쯤 통장을 교실로 나누어 주는 일을 반복했다. 저학년인 우리 반은 유독 많은 아이가 돈을 가져왔고 그 액수는 상당했다. 그런데 처음에는 천 원, 이천 원이 없어지더니 그 월요일은 십만 원에 해당되는 돈이 분실되었다. 아무리 해도 그 돈은 나오지 않았다. 아이들이 공부할 때 신발장에 있는 신발 안에서 그 돈이 발견되었고, 아무 일 없는 듯 일을 마무리하고 엄마를 오시게 했다.

"아이고, 잘못했습니다."

"네."

"제가 태교를 잘못했습니다."

"네?"

그녀의 이야기는 너무나 비참했다.

오징어 배를 타는 동네 아저씨랑 함께 살게 되었는데, 덜컥 임신을 했단다. 남편은 오징어 배를 타고 나가서 언제 들어오는지 소식이 없었다. 만삭이 다 되어가는데 집에는 먹을 게 하나도 없었다고 한다. 동네 입구에 붕어빵 파는 곳에서 먹고 싶다, 훔치고 싶다를 수만 번 외치다 결국 손을 댔다고 한다. 이게 다는 아니라는 엄마의 입을 난 막았다. 그리고 하나도 들은 게 없다고 했다.

아이의 아버지가 오징어를 많이 잡고 돌아오셔서 그 일은 다 해결되었다. 그 후에 들리는 소문으로는 그 집에 큰 굿판이 열렸단다. 그 아이는 손이 발이 되도록 빌면서 다시는 훔치는 일을 하지 않겠다고 했단다. 무녀는 긴 대나무 작대기로 그 아이의 온몸을 무작위로 때리고 있었단다. 입술도 터지고 슬픈 눈빛으로 울고 있는 그 아이를 동네 분들이 보았다고 전했다.

얼마 후 그 아이는 전학을 갔다.

오징어 배만 보면 그 아이가 생각난다. 눈이 왕방울만 한 잘생긴 아이가 성큼 다가올 것 같다. 지금은 넉넉하게 먹고 싶은 거 먹으면서 잘살고 있을 것이다. 그땐 모두가 가난했던 시절이었다.

○○아, 거긴 따뜻하니?

2학기가 되었다. 아이들은 방학을 잘 보내고 왔다. 아이들은 이런저런 방학 동안의 이야기로 꽃을 피웠고, 먼지 쌓인 교실을 청소하느라 바쁜 시간을 보냈다. 과제물을 종류별로 나누어 놓는데, 학급의 반장, 부반장, 회장, 부회장이 그 일을 맡아서 했다. 유난히 꼼꼼했던 부회장인 그 아이는 늦게까지 맡은 일을 하고 있었다.

태백은 아침저녁으로 날씨가 쌀쌀했다. 그날 저녁 꿈자리가 뒤숭숭했다. 우리 반이 현장 학습을 가서 모두 버스에서 내렸는데, 한 여자아이가 내리지 않아서 밤새도록 내리라고 소리를 질렀다. 다음 날 그 아이는 새로 꾸며 준 자기 방에서 연탄가스로 세상을 떠났다. 같이 잔 언니는 그래도 의식은 찾지 못했지만 살아났는데 그 아이는 영영 가 버렸다.

담임을 하면서 아이를 먼저 보내는 일은 절대로 경험하지 말아야 하는 일이다. 그 일은 학급의 아이들도 나도 견디기 힘들었고 참 슬펐다. 그해 2학기는 지루하고 힘들었다. 우리 반 아이들도 나도.... 그래도 시간은 지나갔고 잊히고 있었다. 잊지 않으려고 애써도.

그 아이의 일기장을 아직도 가지고 있었는데....

〈일기장〉

가끔 너를 보러 갔다. 돌로 된 그 아이의 작은 무덤에 쑥부쟁이꽃

한 줌을 놓으며, 무슨 일이 있어도 너를 위해 교직을 중간에 포기하지 않겠다고 약속했다. 그리고 42년의 세월을 악착같이 견뎠다. 네가 보기에 미흡하지는 않았니? 열심히 살려고 애썼지만 ○○아, 고마워. 정말 고마워. 그리고 거긴 따뜻하지??? 연탄가스 없는 곳에서 잘 지내고 있는 거지?

어머나, 한복 입고 교무실에?

그날은 다른 날보다 출근을 조금 빨리 했다. 교무실에 들러서 출근부에 도장을 찍고 돌아서는데, 한복을 입으신 두 분이 손에 보자기에 싼 무언가를 들고 교무실로 들어오고 있었다. 나는 교무실 문을 열어드렸는데, 저쪽 구석에서

"어이, 이리 오시게."

"달걀 동동 띄워 쌍화차 다섯 잔이네."

"아, 저기 그 여선생님도 한 잔 드리게."

어리둥절한 모습을 하는 내게 아주 자연스럽게 쌍화차 한 잔을 주고 구석 쪽으로 가셨다.

상황은 이랬다. 어제가 봉급날이었고, 마작을 즐기셨다고 한다. 가슴 안쪽에서 봉급 봉투를 꺼내 지난 한 달 동안 외상으로 마신 다방의 찻값도 지불하셨다. 나는 그날 마작이라는 걸 처음 보았고, 그걸 작년 세계 이해 교육 연수를 가서 중국 문화 체험으로 처음 직접 해 보았다. 8명 중 1등을 했는데, 그때 배울 걸 그랬나 하는 생각을 하며 피식 웃었다. 술값을 받으러 한복 치마꼬리를 당겨 올리고 교문을 들어서던 모습도 함께 겹친다.

양복을 맞춰 주고 그 양복 값을 할부로 받으러 오는 이도 있었고,

교무실에는 참 다양한 사람들이 드나들었다. 그런데도 잡음 없이 참 잘 굴러갔다. 아무 일 없는 듯 한 달이 가고 다시 한 달이 돌아왔다.

손바닥 한 대

손바닥 한 대 정도는 때릴 수 있던 시절이다. 숙제를 고정적으로 해오지 않는 녀석을 30cm 자로 손바닥을 한 대 때렸는데, 손을 피했다.

그 후 그 부모는 성장판이 깨져서 아이의 손이 잘 자라지 않는다고 날 고소하고 징계를 받게 했다. 방송국에도 이야기해서 교직을 나가게 하겠다고 엄포를 놓았다. 동해안에 산불이 나서 온 도시가 난리가 났는데, 난 학교도 가지 못하고 집에서 그 산불을 구경하고 있었다.

국화 꽃다발을 사서 ○○이한테 갔다. 그 아이의 자리는 종합운동장으로 변해 있었다. 산기슭에 올라가 너와의 약속을 지킬 수 있을지 모르는 미안함으로 눈물에 젖은 꽃다발을 놓고 하염없이 앉아 있었다. 태백의 저탄장에서 모진 탄바람이 내게로 몰려오고 있었다. 그래도 견뎌야 했다.

서울대병원에서 성장판이 깨지지 않았고 아이의 손가락은 잘 자랄 수 있다고 하니, 그동안의 정신적 물리적 손해를 청구했다. 결국은 돈이었다. 그리고 나는 그들이 원하는 대로 돈을 주고 담임을 바꾸는 수모를 당했다.

그해는 참 추웠다. 남편의 친구들도 동네 사람들도 모두가 등을 돌리고 우리 아이들까지 조용히 책만 읽게 했다. 그렇게 죽은 듯이 지냈다.

다음 해 나는 그 학교를 떠났다.

어느 해 교육청에 발령받은 신규 교사를 모시러 갔는데, 그 아이

엄마가 상담 교사라고 발령장을 받고 있었다. 중학교로 발령을 받았단다. 상담 교사라~~~ 요즘 시베리아 한파 때문에 아린 날씨로 무척 추운데, 그날의 나는 눈보라 속에 혼자 외로이 서 있었다.

사과 한 자루

아이들과 한바탕 축구를 한 다음, 하고 싶은 게 있냐고 물었더니, 태백산 등반을 하고 싶다고 했다. 10월 3일 개천절에 가기로 하고 겁도 없이 5학년 아이들을 데리고 등반을 시작했다.

아이들의 간식은 각자 가방에 넣고 사과 한 박스를 나누어 준다고 하니, 한 친구가 자기가 짊어지고 간다고 했다. 가방에 사과를 넣어 둘러맸다. 그리고 우리는 당골로 해서 등반하기 시작했다.

꽃들도 보고 단풍도 보고 중간중간 쉬면서 이런저런 이야기꽃을 피웠다. 사진 속의 아이들은 아무런 고민도 없이 웃기도 하고 장난도 치고 어색함도 감추느라 애썼다.

약수터에서는 생명수라 많이 마시고 10년씩 더 살자는 굳은 결의도 다졌다. 여자아이들이 힘들어하면 남자아이들이 이끌고 갔다. 주목나무 곁에서 소원을 비는 아이도 있었고, 태백산 제단에서는 뭐가 그리도 원하는 게 많은지 오래도록 절을 하기도 하였다.

간식 타임이다. 아이들의 간식을 꺼내고 그 아이의 등에서 사과를 꺼냈다.

"앗, 사과가 이상하네."

"어디, 어디?"

사과는 모두 멍들어서 탱탱한 얼굴로 우리를 보고 있었다.

"살짝 구멍 내서 마셔 봐~~ 사과주스야."

"진짜!!! 너무 맛있다!"

모두들 사과를 쪽쪽 마시는 모습에서 한 아이의 수고로움과 행복이 사과 향으로 퍼졌다. 우리는 한참 동안 재잘거리고 웃고 또 웃었다. 덕분에 내려오는 길이 하나도 힘들지 않았다.

그 사과를 짊어지고 갔던 아이는 지금 서울 영등포역 부근에서 만둣가게를 하고 있다. 한 5년 전 만났는데, 나와 같이 늙어가고 있었다. 하긴 50대인 그들은 나랑 12살 띠동갑들이다.

만삭 몸으로 한 수업 연구

막내 출산을 한 달 정도 남겨 놓은 상태에서 공개 수업을 하란다. 시에 근무하시는 2학년 선생님들 모두를 모셔 놓고 하란다. 정확하게는 3주도 안 남은 막달 중 막달이었다. 대신에 이 수업을 마치고 연구물을 제출하면 해외 연수를 보내준다고, 믿고 하란다. 그래서 소풍도 못 가고 학교에서 수업안과 연구물을 작성하고 수정하기를 반복하였다.

컴퓨터가 아닌 타자기 시절 이야기다. 하루 한 시간씩 모두가 퇴근한 시간, 서무 선생님이랑 둘이서 연구물을 타자로 쳤다. 그녀도 나와 비슷한 만삭이었다.

구경 오신 선생님들을 수업에 참여시키는 새로운 방법으로 수업은 잘 끝났고, 연구물도 제출했다.

결과를 기다리는데, 교육청에서 전화가 왔다.

"최 선생, 왜 그 학교에서 연구물이 두 개가 제출되었지?"

"네? 그럴 리가?"

"○○○ 것도 들어왔는데???"

"아~~~ 알겠습니다."

아, 그분은 교장 선생님과 카풀을 하던 선생님이셨다.

결국 난 그해 해외 연수를 가지 못했고, 서무 선생님과 나는 아들들을 낳았다.

그 후에도 해마다 수업 연구는 계속되었고, EBS 모범 수업 등 다양한 수업을 했다. 새로운 수업 방법이 소개되면 서울로 여수로 전국을 누비고, 연구학교 수업안은 모두 우리 아이들에게 적용해 보았다. 복도 끝까지 거리를 재고 늘어놨던 태양계 그림은 아이들의 환호 속에 남았고, 운동장에서 보던 별자리는 학부모까지 감동이었다. 운동장에 설치된 수학의 길이와 넓이, 부피는 눈에 보이는 수학을 알려 주려 애썼다. 그 설치물들은 주말에 누군가 다 부숴 버렸다. 우리는 잔해들을 청소하느라 고생했었지만 그래도 그게 좋았다.

교탁 밑에서 키운 아이

여교사의 육아는 정말 힘들었다. 그런데도 나는 아이를 셋씩이나 낳고 육아 휴직 한 번 못 하고 키운 걸 보면 참 대견하고 안됐다는 생각이 든다. 남들은 국가 유공자니 애국자니 하지만 참 고달픈 삶이었다. 지금 이 순간 나를 쓰담쓰담 칭찬해 본다.

시어른이 키워 주시는데 자주 여행을 다니셨다. 연가, 조퇴가 어려웠던 때라 난 할 수 없이 첫아이를 교탁 밑에 넣어 놓고 육아와 병행했다. 그래도 그곳에서 간식도 먹고 잠도 자고 엄마의 수업을 보곤 했다.

그땐 왜 그리도 회의가 많은지, 또 그 회의는 5시가 넘어도 계속되었다. 아이를 돌봐 주던 과학 보조 선생님도 퇴근하고 교실에 혼자인 아이는 학교가 떠나가라 울어댔다.

아이를 업고 퇴근하면서 퇴직을 수백 번 고민했지만, 남편 혼자 벌어 생활하기에는 맏딸, 맏며느리의 무게가 너무 무거워 결국 춘천에 있는 미혼의 이모가 키워 주게 되었고, 주말에 갔다가 아이를 보고 오는 가슴 찢어지는 일을 강행했다. 그 아이는 자라서 고만한 딸아이의 엄마가 되었고, 인공지능 회사의 과장이자 연구원이다. 자기 딸은 사위가 육아 휴직으로 키우고 있다. 부럽기도 하고 고맙기도 하다.

〈「좋아졌네 좋아졌어」 노래를 만드신 이진호 선생님이 써 주신 딸아이를 위한 시와 그림〉

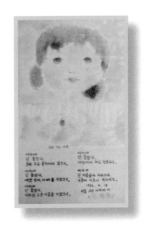

받아쓰기의 합창

학년 구성이 참 재미있다.

50대 주임 선생님이 1반, 그리고 신규 교사 둘이 2, 3반, 운동부 지도 교사가 4반, 임산부 교사 두 명이 5, 6반 담임을 맡은 게 우리 학년이다.

4반 선생님께서 운동부 지도를 하러 4교시 후 가시면 5, 6반 둘이서 그 반을 봐준다. 나는 5반 담임이다. 그러다 3월 말 아이 출산으로 집에 있는데, 전화가 왔다. 6반 선생님께서 예정일보다 빨리 아이를 낳아 나보고 출근하란다. 결국 출산 45일 만에 출근을 해서 오전에는 5반과 6반 수업과 관리를 하고, 점심 먹고 나면 4, 5, 6반을 책임져야 했다.

받아쓰기 시간이다.

복도에서 목청껏 4반을 향해,

"무궁화꽃이 피었습니다."

5반을 향해,

"무궁화꽃이 피었습니다."

6반을 향해,

"무궁화꽃이 피었습니다."

하면 아이들이 합창으로 "무궁화꽃이 피었습니다." 한 후 받아쓰기를 한다. 20문제 다 부르면 정답지를 세 교실에 붙여 놓고 반장, 분단장이 나와 먼저 채점하고 다른 아이들을 채점하게 한다. 그리고 40점 아래 아이들은 우리 반 교실에 모아 놓고 다시 설명하고 끝까지 지도했다. 그 받아쓰기 합창은 나의 교직 생활에 가장 힘들고 어려운 시절이었지만 참 고맙고 기특한 아이들이었다. 지금은 모두 40대 후반으로 사회의 버팀목들이 되어 있으리라. 그중에는 같이 초등학교 교사를 하는 진숙 샘이 있다. 그녀가 준 앞치마는 아직도 사용 중이다.

×××× 입 모양의 재주

마지막 교사 시절, 어느 날이다.

아이들의 행동이 좋아지고 공부 향상을 보이면 개인 통장으로 천 원씩 넣어 주던 프로젝트를 하고 있었다. 다른 친구의 것을 보고

평가를 했기에 너는 해당이 되지 않는다고 했더니,

'×××××'라며, 소리는 안 내고 입 모양으로 욕을 하고 있었다.

"너, 지금 뭐라고 했어?"

"아니, 아무 말도 안 했는데요?"

가장 힘든 게 아이들이 아이들의 모습이 아닐 때다.

집에서 부모가 하는 것들을 그대로 교사에게 보일 때 정말 힘들고 그만두고 싶게 만든다. 뻔뻔한 그 모습을 보면서 어렵게 구해 주었던 축구공 싸인 볼도, 아나바다에서 시장님께 책 팔고 상을 타게 해 준 것도 아무 의미가 없었다.

그 아이의 아버지는 지금도 남편과 같이 생활 축구를 하고 있다. 물론 같은 동호회는 아니다. 남편이 생활 축구 상벌위원장을 할 때 그 아이 아버지가 일을 만들어 징계를 주는 상황을 보면서, 아이가 아버지를 닮았을 거라는 생각이 들었다. 그 아이도 그 아이 형도 공을 잘 찼으니 동해시에 살면 모두 만나게 되겠지.

그렇게 또 한 번의 위기와 절망 속에서 교감으로 발령을 받았다. 담임교사를 벗어난 해방감은 잠시, 그 직위 속에는 달콤함 대신 건강을 잃게 하는 일들이 줄줄이 나를 기다리고 있었다. 그 아이의 저주를 그대로 받고 말았다.

엄마한테 가고 싶어요.

그 아이는 작은 일만 생기면 교실이 떠나가라 울고 할머니를 불러댔다.

비가 오는 날은 비가 와서, 바람이 불면 바람이 불어서 울어댔다.

감정 기복은 시간당으로 왔고, 7명밖에 되지 않는 아이들을 아무것도 할 수 없게 만들었다. 할머니는 수시로 달려왔고, 그런 아이를 업고 집으로 가셨다.

"할머니, 엄마한테 가요!!! 얼른 엄마한테 가요!!!"

"알았다. 그래 가자. 얼른 가자."

아이들은 저 아이 엄마가 없다고 수군거렸지만, 난 듣지 못하고 있었다.

식목일쯤, 시에서 나누어 주는 나무를 가져 와 입학 기념식수를 하기로 했는데, 자기네 집 뒤에 밭과 작은 언덕이 있다고 그곳에 나무를 심자고 했다. 아이들도 모두 좋다고 해서 나무를 심으러 갔다. 할아버지와 아이들은 나무를 심고 난 할머니께 아이에 대한 이야기를 들을 수 있었다.

아이가 세 살 때 엄마가 집에서 사망했다. 그런데 그런 모습을 누나와 함께 고스란히 목격했다고 한다. 그 후 누나는 실어증으로 오래도록 치료를 받았고, 이 아이는 방치되어 있었다고 한다. 엄마는 공원묘지에 모셨는데, 시도 때도 없이 그곳을 가자고 한단다. 가서는 오래도록 울다 지치면 집으로 오는 일을 반복했다고 했다.

다육이를 키우고 운동을 하면서 점점 좋아졌고, 이듬해 우리가 심은 나무에 달린 살구를 한 바구니 가져 와 아이들과 함께 먹었다. 그 아이 덕분에 담임을 바꿀 수가 없어 연임도 하게 되었다.

그리고 올해 고교 동문 골프 대회에서 그의 아버지는 선수로, 나는 갤러리로 다시 만났다.

선생님, 저 좀 살려주세요

"선생님!!! 선생님~~~"

잠결에 들은 그 목소리는 너무나 애절하여, 조심스럽게 문을 열었다. 엄청나게 쏟아지는 비를 뚫고 속옷만 입고 서 있는 학부모의 모습에 서둘러 그녀의 작은 체구에 어울리지 않는 트레이닝복을 입히고 수건으로 피로 얼룩진 물기를 닦았다. 이날도 술이 거나해진 모습으로 들어온 애비는 시비를 걸고 자기 분이 풀릴 때까지 무자비한 매질을 시작했다. 그리고 곯아떨어졌다고 한다. 아이들은 엄마의 도망에 눈짓으로 동의를 했단다. 그녀는 남편의 오랜 매질에 지칠 대로 지쳐 있었다. 새벽에 청량리 가는 기차를 탄다고 했다. 그리고 자리 잡으면 아이들을 데리고 갈 것이니 그때까지 아이들을 부탁한다고 했다. 그녀는 빈 몸이었다. 나의 지갑을 털어 동전까지 다 쏟아 주고 여벌의 옷과 대충 꾸려진 가방을 들려 보냈다. 그리고 누나의 담임선생님과 둘이 의견을 모아 하나씩 데리고 살기로 했다. 누나 선생님은 여자끼리라 문제가 없었는데, 난 참 많은 루머에 시달리면서도 굳세게 아이를 지켰다. 6개월 후 엄마에게서 연락이 오고 그 아이들은 엄마 곁으로 갔다. 세월이 참 많이 지난 어느 날, 태백 병원에서 수간호사를 하는 제자에게서 이 아이 소식을 듣게 되었고, 만났다.

"아이고, 이게 누구야?"

"넌 어디에 사니?"

"결혼은 했니?"

"여긴 어떻게 왔니?"

한참 내 얼굴을 뚫어져라 보더니, 그냥 손을 잡는다.

그 아이는 군대를 다녀와 공항 물류 센터에서 일을 하고 있었단다. 그런데 그곳 팀장님께서 영어로 일을 처리하는데 다른 분들보다는 성과도 좋고 능력을 인정받는 모습을 보고 영어를 배우기 시작했고, 미국 본사에 가서 일을 하다가 베트남에 사업을 차리고 일을 하고 있다고 했다. 결혼도 하고 아이도 있단다. 엄마는 서울 사시고 아버지는 오래전 돌아가셨단다. 그 틈에 누나 이야기가 빠져 있었다. 퇴직 전에 한 번 그 아이 사는 모습도 보고 싶은데, 우리의 인연은 여기까지인가 보다. 그 아이가 두고 간 신발장 위의 20만 원은 탁구 라켓이 되어 나와 참 많은 시간을 함께 보냈다.

톱밥 좀 가져와라

우리 반에는 반 친구들보다 세 살이 많은 아이가 같이 다녔다. 지금은 도움반도 있지만 그때는 그냥저냥 어울려 살았다. 키도 아주 커서 학급의 어려운 일이나 힘든 일은 그 아이가 다 도와주곤 했다.

톱밥 난로를 때던 시절이라 톱밥 한 자루를 가져오는 일은 그 아이가 도맡아 하고 있었다. 너무나 착하고 순한 아이였다.

학교 정원이 아름다운 학교에서 연못가에 앉아 커피를 마시고 있는데, 손님이 왔단다.

키는 더 많이 자란 그 아이였다.

"어머나!"

"안녕하세요?"

"어떻게 여길...."

도 교육청의 선생님 찾기를 통해 나를 찾았고, 일부러 보러 왔단다.

그 정원은 더 아름다웠다. 연못가에서 그 아이가 사 온 음료수를 마시며 인생사를 들었다. 초등학교를 졸업하고 서울로 가서 안 해본 일 없이 고생고생 하다가 만두를 만들어 납품하는 일을 했다고 한다. 어떤 좋은 사람을 만나 함께 살림도 차렸지만, 그가 번 그동안의 돈과 모든 재산을 가지고 어느 날 사라졌다고 한다.

그렇게 배신을 당하고 다시 태백으로 와서 광업소에 다닌다고 했다. 선생님이 제발 광업소 갱 안에 들어가는 일만은 하지 말라고 했는데, 그 일을 하게 되어서 너무 죄송하다고 했다. 그렇게 그 아이는 태백으로 돌아왔다. 이제는 톱밥 대신 탄을 캐서 싣고 있다. 어떤 일을 하든지 열심히 하렴. 건강 잃지 말고.

광업소 사고 뉴스가 나오면 가슴이 아리고 키 큰 네가 걱정된다. 그리고 늘 그립다. 아주 많이.

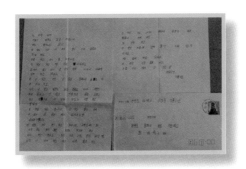

꽃 피는 봄이 오면

이웃 중학교에 관현악단을 꾸려 열심히 하는 선생님이 계셨다. 우리 반의 아이도 딸 반의 친구도 음악을 열심히 하더니, 중학교에 가서 소속 회원이 되었고 어느 날 공연도 한다고 한다. 알고 보니 춘여고 때 친구의 오빠가 음악 선생님이시면서 그 관현악단을 꾸려 가고 계셨다.

매일 늦게까지 남아서 악기 연습을 하더니, 그들의 이야기가 영화로 만들어진다고 했다. 조그마한 시골이 와글거리고 소란스럽더니 세트장이 만들어졌다.

유명한 최민식 배우가 선생님 역으로 나오고, 아이들과 이야기를 만들어 갔다. 거기에 우리 반 아이도 중학생이 된 후 나오는데, 그들의 이야기가 감동스러웠다. 그 아이는 자라서 영국으로 음악을 하러 유학을 가고, 결국은 성공해서 어느 학교에서 음악을 가르친다고 했다. 돌고 돌고 돌아서 그 아이 엄마를 만났고, 그 시절 이야기로 꽃을 피웠었다.

꽃피는 봄을 기다리던 아이들, 그들의 음악 소리가 그립다.

망상 바다와 스티로폼 튜브 이야기

망상 아이들은 여름 방학을 기다린다. 개학하면 모두 바닷가로 달려가 동전이며 금붙이를 줍고는 한다. 누구는 팔찌를 주웠고 누구는 반지를 주웠다고 하는데, 확인된 건 없다.

교장 선생님께서 해수욕장이 문을 닫아 안전 요원이 없기 때문에 특별히 물놀이하지 않게 하라고 당부를 하셨다. 아이들은 물에 들어가지 않고 모래밭만 뒤진다고 걱정하지 말라고 하면서 오늘도 바다로 달려갔다.

선생님들과 2학기 가을 운동회와 학예회 회의를 하고 있는데, 앰뷸런스 차가 경음을 울리며 지나간다. 그리고 조금 후 전교 회장 부모님이 학교로 오셨다. 아이가 물놀이를 갔는데, 보이지 않는다고....

학교는 비상사태를 감지하고 모두들 바닷가로 달려갔다. 난 교무실에서 전화를 받기로 하고 기다렸다. 어촌계 배들이 수색을 하고 오후 4시 반 경 아이를 찾았다. 아이의 허리에는 끈이 둘리어 있었고, 친구들 말로는 그 끈에 스티로폼 조각들을 끼워서 부력을 이용한다고 들어갔단다. 수영은 전혀 못 하는 아이였다.

망상에서 2년을 근무했는데, 그 2학기도 아주 우울했다.

아주 잘생기고 똑똑했던 전교 회장, 그 아이가 다른 아이들과 동생들을 잘 지켜 주는지, 그 후에는 물놀이 사고로 아이들이 잘못되는 일은 일어나지 않았다.

가끔 SNS에 망상이 소개되면 가슴이 덜컹거린다. 모두에게 지워진 그날의 아픔을 아이들과 그 6학년 선생님은 기억하고 계시겠지. 나처럼.

지게와 떫은 감 한 자루

망상에도 승지동에도 감나무가 많았다. 난 감나무가 없는 곳에서 자라서 감에 대한 애정이 남달랐다. 오늘은 감에 대한 이야기를 해 보자.

아이들에게 자연 속에 있는 주제를 다루면서 글을 가르치는데, 해마다 보면 유난히 스펀지처럼 잘 빨아들여서 글을 쓰는 아이들이 있다. 그날도 그런 아이가 있었다.

그런데 그 아이가 며칠 학교에 오지 않았다. 아버지가 많이 다치셔서 병원에 입원했다고 한다. 엄마는 돈을 벌어야 해서 간병할 수 없었고, 4학년인 이 아이가 아버지를 간병한다는 것이다. 마침 그 병원이 우리 집에서 가까워 나는 퇴근하면서 그날그날 배운 학습 내용을 병원에 들러 가르쳐 주곤 했다. 아버지는 손재주가 좋으셔서 링거 줄로 신발도 만드시고, 작은 액세서리도 만들어 병원에 걸어 두셨다.

그날도 아이들 나머지 공부를 시키면서 볶이 간식을 해 먹이고 있는데, 지게에 한 자루의 감을 지고 오신 분이 문을 두드렸다. 퇴원한 그 아이 아버지가 감을 따서 짊어지고 오신 것이다. 한 시간을 걸어오신 듯 엄청난 땀을 흘리고 계셨다.

"선생님, 너무 고마운데 드릴 게 없어서.... 내일 다시 입원해야 하고... 이걸 깎아서 곶감을 만들어 아이들과 드세요."

"아이고... 고맙습니다."

주무관님의 도움으로 감을 학교 처마 밑에 말려 놓고 아이들에게 간식으로 먹이면서 그해를 보냈다.

몇 년 후 백일장 심사에서 그 아이의 작품을 만났는데, 심사 위원 모두들 글이 살아 있다며 장원으로 뽑아 주셨다. 아직도 글을 쓰고 있을까?

감은 8년이 지나야 열매가 열린단다. 그 아이도 그 시간을 잘 견디고 감나무처럼 든든하게 자라 많은 열매를 맺고 잘 자라고 있을 것이다. 해마다 감을 보면 그 아버지의 지게와 떫은 감 한 자루가 생각난다.

리코더 배우면서 가르치기

"미솔미/라솔미레/미/라도라/레도라솔/라/솔솔솔/도도도/미미미/라라라/
솔솔솔/라도레도"

이건 개구리 왕눈이 계이름이다.

교대를 졸업할 때 리코더를 겨우 끝내고 교사가 되었는데, 3학년에
리코더가 처음 나왔다. 할 수 없이 학급 특색을 '리코더로 가슴을
따뜻하게' 비슷한 내용으로 하고 나도 리코더를 배우면서 가르치게
되었다. 교대 다닐 때 음악 교수님이 일본을 다녀와 음악책 속에
배우는 악기로 넣었다고 하는데, 나중에 보니 그 교수님께서 작곡한
음악은 너무나 많이 들어 있었다. 박재훈 교수님이던가....

아침마다 울려 퍼지는 개구리 왕눈이는 높은음의 도와 레만 할 수
있으면 걱정이 없었다.

악보도 가리방으로 긁어서 하던 시절에 아이들과 함께 불던
리코더는 참 다정한 악기였다. 조금 지나더니 이제는 아이들이 더 잘
부르고 난 매일 음을 틀려서 아이들의 놀림감이 되곤 했다.

원래 음악적 소질이 없던 내게는 가장 힘들게 가르친 과목이었다.

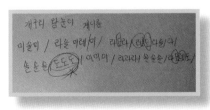

마지막 졸업장

1학년 때 담임을 했었던 아이는 6학년 때 다시 담임을 하게 되었다. 그리고 그 아이는 초등학교 졸업이 마지막 졸업이었다. 도움반도 없던 시절에 아무런 도움도 받지 못하고 그렇게 방치되었다. 어느 날 은행에서 만난 아이는 쌍용 하청 업체에 다닌다고 했다. 반가워했더니 그 아이는 내가 옮기는 학교마다 찾아오곤 했다. 나중에는 스토커처럼 집요하게 연락을 하고 집까지 찾아왔다. 그 아이 입장에서는 내가 가장 소중한 담임선생님이라고 하는데, 난 계절에 맞지 않는 옷차림에 양치도 하지 않는 누런 이로 다가오는 그 아이가 마냥 반갑지만은 않았다.

짜장면집을 하던 아이와 친하게 지내던 것이 생각나 그 아이에게 연락을 했더니, 내가 너무나 자기를 잘 대해 주었단다. 그래서 고맙다는 표현이란다, 그게.

그 후 동해를 떠나 관사에 살다가 왔더니 그 아이가 다른 곳으로 이사를 갔다고 했다. 짜장면집도 문을 닫았다. 지금은 연락이 안되지만 그래도 선생님이라고 찾아오곤 했는데, 조금은 미안하다. 경기도인가 어딘가로 갔다고 하는데, 잘살고 있었으면 좋겠다.

초등학교만 졸업한 제자가 여러 명 있다. 공부가 다가 아니고 중학교 진학이 다는 아니지만, 그래도 중학교 진학을 시키지 못한 게 무척이나 미안하고 미안하다.

톱밥 난로의 비극

추운 태백의 겨울, 교실 난방을 톱밥으로 할 때였다. 이런 난로는 처음 사용해 보는 나는 허구한 날 불을 지피지 못해 우리 반 아이들을 떨게 하고 고생을 시켰다. 오늘은 옆 반 선생님이, 다음 날은 교감 선생님께서 불을 지펴 주셨다. 아무리 해도 불은 붙지 않았고 교실의 아이들은 너구리굴 속에서 콜록대고 있었다. 하루는 6학년 선생님께서 그 모습을 보고 들어와 난로 불을 지피시기 시작했다. 아궁이 구멍으로 머리를 디밀고 후후 입바람을 불어넣는 순간,

"펑!!!! 펑펑!!!"

"으아악!!!"

"불이야~~~!!!"

온 교실의 아이들은 복도로 뛰어나가고 나는 그 자리에 주저앉아 엉엉 울었다. 선생님들이 달려오시고, 교실은 정리되었다. 하지만 6학년 선생님의 앞머리와 눈썹은 모두 타 버렸다. 얼굴도 약간의 화상을 입어 당분간 학교에 나오시지 못했다. 덕분에 톱밥 난로는 모두 조개탄으로 바뀌었다.

세월이 지나 우연히 선진 학교 방문으로 간 학교에서 그 선생님을 보게 되었다. 너무 반가웠는데 신장 투석으로 힘든 시간을 보내고 계신다며 명퇴를 신청했다고 하셨다. 저탄장 한 더미를 사서 월급보다 많은 돈을 버시던 모습도 겹쳐 보였다. 잘생긴 총각 선생님의 머리를 태운 톱밥 난로의 비극은 늘 아린 추억으로 오늘같이 바람 많이 부는 겨울에는 더욱더 내 마음을 때린다.

핑크 스리피스와 바바리코트

아버지는 춘천보다 더 추운 곳은 없다고 생각하셨나 보다. 팥죽색에 가까운 어두운 핑크 스리피스(Three piece)를 맞추어 주셨다. 정장 재킷에 치마와 바지, 나름 얼마나 비싼 옷 한 벌을 해 입히시고 싶으셨을까? 바바리코트는 기성품으로 그 옷과 잘 어울리는 보랏빛으로 장만해 주셨다.

그런데 그 황지는 너무나 추웠다. 그 옷과 스타킹, 그리고 구두는 내 온몸을 동상 걸리게 하기 딱 알맞았고, 학교 앞 다리만 건너면 관사였는데 그 시커먼 개울가에 부는 바람은 참 아리고 아팠다.

그래도 봄내에서 단련된 몸이라 그런지 감기도 걸리지 않고 잘 견뎠다.

모피도 아닌 인조가죽과 인조털의 겨울 코트는 그해 12월 보너스 월급을 타서 장만했고, 결혼해서 태백을 떠날 때도 동해로 같이 왔다.

나의 신규 시절 봄은 정말 추웠다. 4월 5일 식목일에 나무를 심는다고 출근했더니, 함박눈이 펄펄 내려 나무를 심는 대신 솥뚜껑에 부침개를 부쳤다. 5월 4일 어린이날 기념 체육 대회 날도 진눈깨비가 날려서 아이들이 덜덜 떨었던 모습으로 기억된다. 태백의 봄만큼 동해의 봄도 잔인했다. 얼마나 바람이 불어대는지 정신을 못 차리게 했다. 바람이 그치고 정신을 차리면 바로 더운 여름의 시작이었다.

아버지의 죽음

"아버지가 안 오신다."

"네? 아버지가 어디 가셨는데요?"

"개울에 주낙[1]을 놓는다고 5시쯤 가셨는데, 아직도 들어오시지 않는다."

112에 119에 신고를 하고 동네 사람들이 모두 손전등을 동원해 개울가를 뒤지기 시작했다. 평소에 작은 조카와 같이 주낙을 놓던 곳이 생각나 그곳에 가니, 아버지는 무릎 꿇고 주낙을 손에 든 채 얼굴을 물에 담그고 계셨단다.

병원으로 이송되고, 가족들은 전국에서 몰려들었다.

준비되지 않은 갑작스러운 죽음은 모두를 혼란스럽게 했고, 맏딸인 나와 맏사위인 남편은 동동거리며 무엇부터 해야 하는지 정신을 차리려고 노력했다. 마침 장의사에 근무하는 남편 친구가 가르쳐 준 대로 춘천의 어느 장례식장을 예약하고, 경찰서에서 변사체로 발견되었다는 사건 처리가 되고, 그 후 의사의 사망진단서가 나와야 다음 일을 할 수 있다고 했다. 우선 영정 사진으로 쓸 것을 찾아 사진관에 맡기는 일도 하란다.

아버지는 그렇게 가셨다. 6월이었는데, 5월 어버이날 즈음에 엄마랑 수목장하는 이야기를 했단다. 미리 유언을 하신 것이다.

그렇게 해서 아버지는 본인이 심은 선산의 잣나무 아래 잠드셨다. 다음 해 한식 무렵 할아버지와 할머니 묘도 다 정리해서 아버지 뒤쪽의 잣나무 아래 수목장을 했다.

잣도 그 많은 밤도 모두 이제는 아버지의 것이다. 엄마도 늙고 나도

---

1) 긴 낚싯줄에 여러 개의 낚시를 달아 고기를 잡는 낚시 도구의 일종.

병들어 그 산을 가지 못한다. 바로 아래 여동생과 조카들만이 가본다.

이제 고향의 집과 땅도 모두 판다고 내놓았으니, 더더욱 고향 갈 일은 줄어들 것 같다. 오탄리여 안녕.

부곡 하와이, 직원 여행

신규 발령이 나서 처음으로 직원 여행을 가게 되었다. 부곡 하와이라고 하는데 지금의 창녕이다. 우리나라에서 처음으로 워터파크가 생긴 곳이다. 온천과 쇼를 하는 관광 나이트는 어마어마했다. 멀미를 죽을 만큼 했을 때 도착했다. 우선 시내 구경을 하다가 6시에 관광 나이트로 오라고 했다. 촌놈이 정신없이 구경하다가 길가에 주욱 늘어놓고 파는 감을 보게 되었다.

어머나, 감이 이렇게 많다니? 정신없이 감을 구경하고 사 먹다 보니 아무도 없었다. 길을 잃은 것이다. 아무리 헤매고 다녀도 아무도 볼 수가 없었다.

5시 반부터 관광 나이트 문 앞에서 기다리다가 일행을 만났고, 친화 회장한테 욕을 배부르게 먹었다. 그래도 「빙글빙글」을 부르며 나오는 나미 가수에게 달려가 악수도 하고, 무대 막이 바뀔 때마다 환호성을 질러댔다.

10시가 넘어 숙박지에 가니 이번에는 친화 회장이 없어졌다. 밤새 찾으러 다니고, 아침에도 안 나타나면 경찰에 신고하기로 했는데, 아침에 온몸이 다 찢어지고 상처투성이인 채로 나타나셨다. 밤새 불빛 따라 산속을 헤매셨나 보다. 그렇게 처음 간 친화회 직원 여행은 막을 내렸다. 그 후에도 그곳으로 몇 번을 더 간 것 같다.

감에 반하고, 산속에 반했던 부곡 하와이의 여행은 참 많은 추억을 가지고 있다. 한때 우포늪의 아름다움에 빠져 온 가족이 철새를 보러 간 적도 있었다. 지금은 폐업하고 많은 이들의 추억 속에 잠들어 있다.

병원에서 만난 아이

우리 반 여자 아이가 밤에 바닷가에 자주 보인다고 옆 반 선생님께서 귀띔했다. 6학년이라 덩치는 나보다 더 컸는데, 조금 부족한 아이였다. 할머니랑 바닷가 마을에 사는데, 할머니는 오징어 건조를 하셔서 늘 바쁘셨다.

다음 날 면담을 하는데, 밤에 바닷가에 가면 군인 아저씨가 나와 있고, 그 아저씨랑 놀다가 온다고 했다. 자기는 그 아저씨가 좋고 결혼도 할 거라고 했다.

넌 아직 초등학생이라서 지금은 안 된다고 했지만 그 아저씨가 좋다고 했다.

아무리 말려도 듣지 않았고 할머니는 놔두라고 했다. 그리고 겨울방학이 되었고 졸업을 시켰다. 이 아이도 중학교에 진학하지 않았다.

우리 아들이 다리를 다쳐서 병원에 갔다가 그 아이를 만났다. 배가 남산만 한데 시어머니가 다쳐서 함께 왔다고 했다. 군인 아저씨 이야기를 묻고 싶었지만 덮었다. 결혼도 하고 임신도 하고, 시어머니도 있으니 참 다행이다 싶다.

헤어지면서 아기 옷 사라고 약간의 돈을 주었더니, 너무나 고마워한다. 과거는 다 지우고 지금처럼 잘살면 좋겠다. 아직도 향로동에 사니? 그 후론 한 번도 보지 못했다.

에버랜드의 비극

6학년 담임을 일곱 번했다. 6학년 하면 가장 힘든 게 수학여행이다. 전체 일곱 반의 총무를 했는데 현금으로 결제하던 시절이라 참 힘들었다.

작년에는 경주로 갔다 왔고 이번에는 에버랜드와 민속촌이었다. 새벽부터 인원 점검에 아직 안 온 학생들에게 전화를 한 후 서둘러서 출발했다. 목아박물관도 잘 보고 숙박도 잘했다. 미리 예약을 한 덕분에 편하게 에버랜드에 입장할 수 있었다. 장미꽃 축제까지 있어서 사람은 정말 말도 못 하게 많았다.

각 반별로 모둠끼리 어디부터 갈 것인지 사전에 교육했지만 걱정은 많이 되었다. 아이들을 네 명씩 들여보내고, 우리 교사들도 여기저기 갔지만 줄이 너무 길어서 사파리만 보고 와서 점심을 먹기로 했다. 그 많은 아이들은 어디로 갔는지 한 명도 만나질 못했다.

시간은 잘 갔다. 사람들도 구경하면서 각 반의 아이들 이야기에 시간을 잘 보냈다. 3시에 동해로 출발이기에 2시 40분까지는 차로 오라고 했고, 난 정문에서 각반의 아이들 모둠을 확인하고 차로 보내는 역할을 했다. 역시 아이들도 긴장했는지 30분경에 거의 다 왔다.

딱 한 모둠이 오질 않는다. 우리 반이다. 방송도 하고 교사들이 코너 코너로 다니면서 수소문도 했지만 아이들을 찾을 수가 없었다. 딱 네 시간 후 아이들을 만났다. 사파리만 마지막으로 보고 가자고 했는데, 사자며 곰이며 너무 멋져서 시간이 가는 줄도 모르고 구경을 했단다. 나와서 정문으로 나오는 길을 잃어서 후문으로 갔고, 결국 아르바이트생이 아이들을 데리고 와 주어서 해결되었다. 하지만 우리가 학교에 도착해야 할 시간에 겨우 출발할 수 있었다.

휴게소도 안 들르고 바로 왔지만, 학교에도 비상이 걸렸고, 전 직원은 퇴근도 하지 못한 상황이었다. 운동장에는 학부모와 교사로 인산인해였다. 아이들을 정리해서 보내고 교무실에 모였다.

교장 선생님은 우리 6학년 교사들과 교감, 보건 선생님 등에게 시말서를 쓰라고 했다. 그분의 고성 속에서도 아이들을 잘 데리고 온 것에 대한 안도감으로 억울하지도 속상하지도 않았다.

집에 오니 우리 아이들이 엄마 오기만 기다리다 조금 전 10시에 잠이 들었다고 한다. 아이들을 보면서, 내일 학교에서 시말서 쓰는 방법을 배워서 써야겠다. 시말서는 무엇이고 뭐라고 쓰는지 교감 선생님께 배워 보자 생각했다. 그러나 수학여행의 사건은 이게 다가 아니었다.

경주랜드의 대형 사고

이번에는 경주로의 수학여행이었다. 교사 총무인 나는 허리에 전대(돈주머니)를 차고 우리 반 인원 점검 등은 야무진 우리 반 총무에게 부탁했다. 그때만 해도 7번 국도는 정말 구불구불하였고, 아이들의 멀미는 장난이 아니었다. 하루 종일 경주에 도착하는 게 다였다. 가다가 화석박물관에 들렀지만 아이들은 거의 반죽음 상태였고, 휴게실의 간식도 좋아하지 않았다.

특히 이번 수학여행에는 교장 선생님이 인솔 단장이시라 걱정도 덜 되었다.

첫날이라 그런지 아이들은 이내 곯아떨어졌고 아침이 되었다.

다음 날 토함산과 석굴암, 불국사와 첨성대 등 경주에 있는 박물관 등을 다 둘러보고 저녁을 먹였다. 그랬더니 아이들이 슬슬 살아나고 캠프파이어와 장기자랑 시간에는 다른 지역의 초등학교와 중학교 학생들의 부러움을 살 정도로 신나게 리드를 하면서 즐겼다. 다행이다 싶었다.

아이들을 각 방에 배치하고 안전사고 등 주의 사항을 꼼꼼히 안내한 다음, 교사들은 모여서 내일 할 일과 저녁 순찰에 대한 이야기를 나눈 지 10여 분이나 지났을까? 어디선가 우당탕탕 소리와 함께 몇 명 아이들이 달려오고 모두가 조용해졌다.

5반 남자아이들이 방에서 불을 다 끄고 베개 싸움을 하다 한 아이가 무서워 창가로 도망을 갔고, 팔꿈치로 유리창을 쳤다고 한다. 아이의 비명 소리에 불을 켜 보니 오른팔이 유리창에 찔려서 20cm 이상은 찢어진 상태였다. 보건 선생님이 택시를 타고 경주 시내의 대학 병원에 가서 아이를 치료하고 돌아오니 새벽이었다. 밤새 한잠도 못 자고 다음 날 경주랜드에서 놀이기구를 타는데, 교장 선생님의 악담 섞인 훈화는 끝이 없었다. 차마 그 말을 여기에 적을 수 없을 만큼의 엄청난 폭언이었다. 겨우 놀이기구를 다 타고 점심을 먹은 다음 출발했다. 오다가 성류굴을 들르게 되어 있는데, 또 악담이 시작되었다. 주임 선생님은 그냥 동해로 가자고 했고, 나는 나중에 결산을 보면서 성류굴 입장료를 잔돈으로 바꾸어 6학년 전체 학생에게 돌려주는 엄청난 일을 했다. 수익자 부담의 돈이라 그것 해결하는 것만으로도 하루가 갔다. 다행히 아이의 팔은 잘 아물고, 의료보험과 여행자보험으로 깔끔하게 처리되었다. 보험의 소중함을 절실히 깨달은 수학여행의 대형 사고였다.

황지초와 축구 교류전

같은 문학회 회원인 남자 선생님께서 황지초의 6학년 담임을 하고 있었다. 어느 날 같이 축구 교류전을 해 보자고 하셨다. 아이들 의견을 물으니 좋다고 한다. 그날부터 방과 후에는 아이들의 포지션을 짜고 연습에 돌입했다.

마침 우리 반 아이 중, 중학교로 진학할 학교에서 골키퍼를 하고 있는 아이가 있어서 그 아이가 중심이 되어 팀을 만들었다. 하나씩 연습을 시키고 몸풀기부터 슈팅까지 그래도 나름 체계적인 연습을 시작했다. 2주 후 토요일, 황지초 아이들이 우리 학교에 와서 시합을 했다. 3:0으로 박살이 났다. 초코파이와 요구르트를 먹으며, 우리는 무엇을 보강해야 하는지 처음부터 다시 계획을 짰다. 나는 공격수들의 공을 골키퍼가 되어 막기 시작했다. 개별로 10골을 넣을 때까지 계속되었다. 수비수들은 10골 막기 훈련에 돌입하고 악으로 연습을 했다. 그리고 다시 2주가 흘렀다. 이번에는 우리가 황지초로 갔다. 그리고 보란 듯이 3:0으로 이기고 초코파이와 요구르트를 먹었다.

다시 한 달 후 같은 방법으로 열심히 연습을 하고 우리 학교에서 경기를 했는데, 1:1로 비겼다. 그리고 축구 교류전은 끝이 났다. 나는 온몸이 멍으로 가득했고 걸음도 잘 걷지 못할 만큼 힘들어했다.

지금도 황지초 하면 축구가 생각나고 그 학교는 전국에서 축구를 잘하는 학교로 명성이 나 있다. 내 차에는 축구공과 유니폼이 실려있다. 50대가 되면 여성 생활 축구 회원이 되고 싶었는데, 큰 수술로 그 모든 건 끝이 났다. 탁구도 접었으니 말이다.

제가 1등인데요

우리 학교는 해마다 달리기 대회를 한다. 1, 2학년은 소도굴다리까지 달려갔다 오고, 3, 4학년은 함태초등학교 가는 다리까지 달려갔다 오고, 5, 6학년은 함태초등학교 입구 건널목까지 갔다 오는 대회였다.

아이들의 체력도 점검하고 육상 선수 등을 발굴하려는 목적이 있었다.

그런데 아이들은 정말 열심히 연습을 했다. 아침마다 운동장에는 아이들이 스스로 달리기 연습을 했다. 학교장의 의도대로 아이들의 체력은 점점 좋아지고 달리기 연습도 열심히 하는 자율 체력 강화 활동이 활발하게 이루어지고 있었다.

드디어 당일이 되었다. 우리 5학년 아이들도 난리다. 그날은 축제였고, 정말 아이들이 즐거워하는 달리기 대회였다.

선생님들은 아이들을 출발시키고 도착한 곳에서 팔뚝에 도장을 찍어 주신다. 아이들은 도착하면 팔뚝을 내밀어 반환점을 돌아왔다는 걸 확인시키고 기록을 적는다. 아이들이 한꺼번에 도착하지 않기 때문에 복잡하지 않고 쉽게 할 수 있었다.

나는 출발선에서 아이들의 기록을 적었다. 5, 6학년을 적는데, 10분도 지나지 않은 시간에 한 아이가 왔다.

"선생님, 저 도착했는데요?"

"야, 벌써 도착했다고? 10분도 되지 않았는데?"

"네, 여기 도장 있어요."

그랬다. 그 아이는 벌써 반환점을 돌아와 도착했다. 옆 반 선생님께서 아니, 숨도 안 찬 녀석이 거짓말한다고 야단을 쳤지만 그 아이는 나중에 반환점 선생님이 오시면 확인해 줄 수 있다고 억울해했다. 기록을 적으면서도 반신반의했는데, 대회가 끝나고 사실 확인이 되었다.

키도 작고 덩치도 작은 ○○이라는 아이는 그렇게 달리기를 잘했다. 물론 황지에서 열리는 육상 대회에서도 월등한 기록으로 우승했다. 하지만 부모님은 늦둥이를 운동시키는 일은 없을 거라고 완강히 거절하셨다. 공부도 잘하는 편이라 아마 더 반대를 하셨으리라. 시간이 많이 지난 어느 날, 황영조 선수가 마라톤으로 우승을 할 때, 그 아이가 생각났다. 마라톤을 시켰으면 잘했을 텐데.

얼마 전 그 아이의 이야기를 들었다. 그 아이도 여기저기 떠돌다 다시 태백으로 왔고, 광업소에 들어가 막장 인생을 산다고 했다.

거기에서는 모든 게 막장 우선이었다. 음식을 줄 때도 커피를 나누어 마실 때도 항상 맨 안의 사람을 존중하고 그에게 우선권을 주었다. 혹시나 하는 두려움과 대우의 예를 갖추는 것이리라.

막냇동생의 죽음

나와는 띠동갑이고 우리 반 아이들과도 같은 나이였다. 나는 여왕쥐이고 우리 반 아이들은 생쥐였다. 내 동생은 1월생이라 학교를 먼저 들어갔고, 돼지띠라고 억지로 올려 주었다.

얼굴도 잘생기고 막둥이라 온 가족의 사랑을 듬뿍 받고 자랐다. 책을 좋아하고 공부도 아주 잘했다.

그 동생은 바로 위 누나의 결혼식 때 서빙을 한다고 서울서 내려와 친구들과 맥주 한잔 마시고 오다가 소양강 물에 투신한 재수생 여자아이를 구한다고 들어갔다가 생을 마감했다.

그 아이 장례식을 마치고 다음 날 누나의 결혼식을 했다. 난 배 속에 큰딸을 가지고 있어 아무것도 할 수가 없었다.

그 후 우리 집은 행복이라는 게 없어졌다. 그 누나와 또 그 위 누나들은 차례로 이혼을 하고, 아버지는 밖으로 돌았다. 엄마의 눈물 속에 가정은 점점 더 삭막해져갔다.

가을에 그 여자아이의 시신을 찾았다고 했다. 처음으로 하는 영혼결혼식을 남편과 나는 대신하고 그들의 영혼을 위로했다. 고향 집을 가려면 소양강 다리를 건너야 하는데, 그때마다 그 동생이 생각난다. 40여 년 가까운 시간이 지났어도 동생의 죽음은 참 많은 걸 힘들게 했다. 부모님도 동생들도 모두 특별히 말은 안 하지만 늘 그리움과 아쉬움으로 눈물을 훔쳤다.

〈편지를 뒤지다 막내가 보낸 편지를 발견했다〉

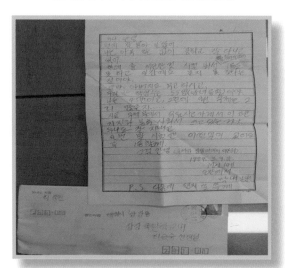

약속은 지켜야지요

"선생님... 저 ○○예요."

"어머나, 오랜만이다. 잘 지내고 있지?"

"저, 김유정 백일장에서 장원을 했어요."

"역시, 대단하네."

"옛날에 제가 글을 써서 장원을 하면 그때 선생님의 이야기를 쓴다고 했어요. 기억하세요?"

"그랬니?"

"그래서 선생님께 이 영광을 돌린다고 썼어요."

"어머나, 정말?"

"네, 약속은 지켜야지요."

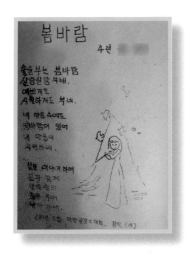

이 작품이 그 아이에게 글을 쓸 수 있게 자신감을 주었나 보다. 하루도 글을 쉬지 않고 쓰게 해서 너무나 힘들었다는 말을 들으면서도 그 학교를 떠날 때까지 계속 글을 쓰게 했다.

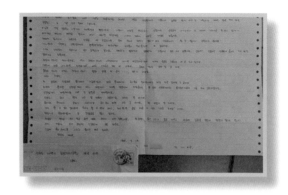

눈물 한 바가지

우리 반에 아주 예쁜 아이가 있었다. 긴 머리에 통통한 얼굴을 한 여자아이였는데, 친구들에게도 인기가 많고 다정다감했다. 공부도 잘해서 다른 친구들에게 엄마처럼 정성껏 돌봐 주고 받아쓰기도 가르쳐 주곤 했다.

그런데 그 아이의 긴 머리가 싹둑 잘려서 학교에 왔다. 왜 머리를 잘랐느냐고 물으니 울기만 한다. 아직 저학년이라 다른 친구들도 모른다고 했다.

며칠 후 그 아이의 아버지가 상담을 하러 오셨다. 아이의 엄마가 바람이 나서 가 버렸다고 했다. 동생은 할머니 댁에 맡겼는데, 이 아이를 얼마나 데리고 있을지 모르겠단다. 긴 머리를 감당할 수 없어 짧게 잘랐다고 한다.

그 아이는 긴 머리카락이 잘려 나가는 순간 자존감도 존재감도 다 내려놨다. 그리고 공주 같던 옷들은 꼬질꼬질해지고 그 아이 옆에는 다른 아이들이 다가가질 않았다.

한 달 후 아이는 아버지 손에 이끌려 할머니 댁으로 간다고 했다. 그리고 그곳에서 학교도 다닐 거라고 했다.

한 십오 년 정도가 지난 어느 날, 단골 사진관에서 혹시 누구를 아느냐고 물으셨다. 우리 집 가족사진을 보고 혹시 자기가 아는 선생님인 것 같다고 물었단다. 우리 만남은 이루어졌다. 그 아이의 딸은 공주의 모습으로 엄마의 어릴 적 모습을 그대로 보여 주고 있었다. 사는 게 쉽지는 않았단다. 사진과 인연이 있다고만 했다. 그리고 그 아이는 동해를 떠났다. 자기의 어린 시절을 기억하는 선생님이 부담스러웠다고 전했다. 그렇지만 너의 그 시절 더 잘해 주지 못한 게 늘 미안하고 미안했었단다. 그냥 그뿐이야.

남동생의 뇌출혈

내게는 말띠 남동생이 있다. 그 동생은 어렸을 때 엄마 젖만 먹으면 토했다. 그런 동생에게 약장사가 권한 약을 사서 먹였다. 그 후 아이는 더 나빠졌고, 흙이며 벽지도 뜯어 먹었다. 겨우 초등학교를 졸업하고 중학교 진학을 하지 못한 채 시골에서 농사짓는 부모를 도왔다.

조금 부족한 여인네를 소개받아 결혼도 했는데, 아들 둘이 아주 똑똑했다. 큰아이는 고려대를 졸업하고 소수인들을 대변하는 일을 하고 있으며, 작은 아이는 강원대를 다니면서 다양한 사업체를 운영하면서 생활을 하고 있다.

마흔아홉, 인삼밭에서 무거운 나무를 옮기다가 쓰러졌다. 평소에 고혈압과 당뇨가 있었는데, 아무도 몰랐단다. 결국 오른쪽 손과 발이 마비되고 이 병원 저 병원, 병원 투어를 하다 집으로 돌아왔다. 그의 아내는 그런 남편과 못 산다고 집을 나갔고, 이혼을 했다.

지금 고향 집에는 병든 아들과 노모만 살고 있다. 동네에 있는 노인네들도 하나둘 저세상으로 가고, 말할 사람도 없이 텔레비전과 함께 시간을 보내고 있다. 내가 살고 있는 동해로 이사 오면 좋겠는데, 살던 곳을 정리하고 오는 게 쉽지는 않은가 보다. 우리 세대가 부모를 모시는 마지막 세대가 맞는 것 같다.

세상에서 가장 맛있는 커피 믹스

동해안에는 가끔 큰 눈이 쏟아지거나 큰비가 와서 엄청 힘들었을 때가 있었다. 그날도 아이들 수업을 하고 있는데, 비가 오는 게 심상치 않았다. 교무실에 모여 긴급회의를 하고 선생님들은 아이들을 애향단(지금의 동네 개념)별로 모이게 했다. 그리고 여선생과 남선생을 적당히 섞어 아이들을 집으로 데려다주는 계획을 짰다. 비의 양은 어마어마하기 때문에 아이들 교과서도 국어, 수학만 가져가게 했고, 신발과 옷도 정비했다. 신발 위에는 비닐을 씌우고 윗옷은 단단히 채울 건 채우고, 묶을 건 묶었다. 바지는 접어서 짧은 반바지를 만들고, 가방은 윗옷 속에 넣었다.

준비가 다 된 애향단 별로 움직이기 시작했다. 나는 어느 남선생님과 석두골이라는 곳을 배정받고 출발했다. 우리들의 우산은 의미가 없고, 아이들은 바람에 날아갈 지경이었다. 남선생님이 앞에 서서 두 아이의 손을 잡고 그 아이들은 각자 한 명씩 손을 잡았다. 나는 맨 뒤에서 아이들을 밀면서 출발했다. 교문을 나선 지 한 20분쯤 지나자 철길 아래 지하도가 보였다. 그런데 그 지하도는 거의 물이 차 있어 건너갈 수가 없었다. 결국 아이들을 데리고 철길을 건너는 엄청난 시도를 시작했다. 그리고 무사히 아이들을 건너게 했고, 질퍽질퍽하게 된 길에서 아이들의 발을 빼내며 한 명씩 아이들 집에 무사히 도착했다. 이제 남은 한 여자아이, 우리 반 아이다. 그 아이의 집은 아직도 한참 걸어가야 한다고 했다.

어찌어찌하여 산 너머 그 아이네 집에 도착했다.

마침 엄마가 계시다가 놀라서 우리를 반겨 주셨다. 그리고 추운데 커피 한잔하고 가라면서 커피 믹스를 꺼내셨다. 달랑 두 개가 다였다. 우리는 그 커피를 마셨다. 벌벌벌 떨면서 마신 그 커피는 정말 맛있었다. 지금도 그 커피를 생각하면 온몸을 뜨끈하게 데우면서 행복을 퍼지게 한다.

한 십여 년 전 즈음에 어떻게 연락이 닿았다. 그 엄마가 천곡동에서 해물탕집을 한단다.

6학년 때 담임을 한 선생님과 같이 만났다. 북여고, 부산해양대 수학과, 미국 유학, 카이스트 대학원을 나와서 교수의 길을 가고 있다고 했다.

아이는 얼굴에 마른 버섯이 잔뜩 피어 있었고, 눈만 초롱초롱한 게 슬픔을 덩이덩이 부여잡고 있었던 아이였다. 비 오던 날의 커피 이야기를 꺼냈더니, 사실은 그날 삶을 정리하려고 했단다. 선생님들이 아이를 폭우 속에서 데려오는 걸 보고, 다시 살아 봐야겠다고 마음을 먹었단다. 그랬더니 이렇게 좋은 날도 있다고 했다.

아이는 결혼해서 영국에 산다. 남편과 함께 교수의 길을 가고 있다고 했다. 어디에 살든 행복했으면 좋겠다. 커피 믹스가 주던 달콤한 행복으로.

수업 일지로 산 일 년

1학년을 맡으면서 올해는 어떻게 새롭게 살아 볼까 하다가 수업일지를 써 보아야겠다고 생각했다.

내가 하는 수업 준비와 새롭게 발견되는 아이디어를 모아 보면 나중에 많은 도움이 될 것 같다는 생각이 들었다.

국어에서는 어떤 사물을 형용할 때 사용하는 용어가 아이들마다 달랐다. 가정에서 주로 쓰는 단어들이 등장했고, 가정의 문화를 섞는 일이 수업의 핵심이 되었다.

수학에서는 아이들마다 연산하는 방법이나 도형을 설명하는 방법이 달랐다. 결국 교사는 각자 가지고 있는 배경지식을 가지고 이해시켜야 잘 알아듣는다는 것을 경험한 시간들이었다.

즐거운 생활에서 가장 도움이 많이 된 것 같다. 특히 단풍잎 수업을 할 때도 아이들의 단풍잎은 교사의 단풍잎보다 훨씬 고착화되어있지 않았다. 잠자리도 나무도 색깔의 표현도 아이들은 예술가였다. 교사인 내가 아이들의 창의성을 막는 걸 보게 된 것이다. 음악에서도 체육에서도 아이들은 모두 천재들이었다. 그해 수업 일지를 쓴 건 아이들의 창의성과 천재성을 알 수 있었던 귀한 시간들이었다.

학급 일기 1

4학년 담임을 맡게 되었다. 학교를 옮기면 이상하게도 4학년을 담임하게 되었는데, 이곳도 신설 학교라 모든 게 어설펐다.

뭔가 새롭게 하고 싶어서 학급 일기를 쓰기 시작했다. 그때 아이들과 엄청 신나게 생활했었다. 짝을 바꿀 때의 모습, 훌라후프로 모형 만들기, 사물놀이를 컴퓨터로 배우기, 무릉제 연습, 카드 섹션 순서 외우기, 용호쌍육과 땅따먹기, 가을비가 일주일 내내 내려 카드 연습도 못 한 일, 학급 자랑 촬영한 일, 영어 노래 부르기, 컴퓨터실 가는 날의 행복, 미술시간에 한 마블링, 콜라주, 모자이크는 우리들 상상의 날개를 활짝 펴는 시간이 되었다. 무릉제 응원 연습과 축구 경기, 취타대 행진 이야기도 들어 있었다. 뇌를 깨우는 뇌통통 체조를 배운 일, 운동회 연습, 화석 만들기, 선생님의 출장, 전학 온 아이,

전학 간 아이, 설계도 그리기, 끝말잇기, 병풍 만들기, 시화 제작, 제기차기 대회, 현장 학습, 민속의 날 한복 입고 오기, 만화 그리기, 세밀화 그리기, 우유 당번, 아이들의 소동으로 쌍코피와 옷 갈아입기, 받아쓰기, 삼행시 짓기, 비밀을 잘 지켰던 마니또 하기, 교실 증축을 위한 공사, 타자 시험 등 다 잊고 있었던 그해의 행사들이 아이들의 글로 써 있었다. 때로는 컴퓨터로 쓰기도 하고 정성껏 그림을 그려서 쓰기도 했다.

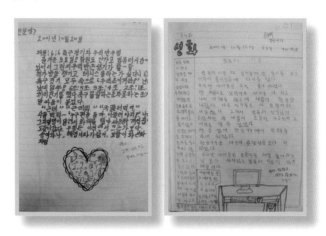

학급 일기 2

다음 해에도 똑같이 4학년 4반을 담임하게 되었다. 작년 아이들의 이야기를 들었는지 학급 일기를 쓰겠다고 해서 좋다고 했다.

애들아, 34명 모두 안녕?

새로 전학 온 ○○이까지 말이야.

재미있고 즐거운 일 년을 보내자.

항상 웃고 즐겁게 생활하자.
열심히 최선을 다하면 아주 좋은 하루하루를 보낼 수 있을 거야.

새 교실
새 선생님
새 학년
새 책까지
모두 맘에 드니?
열심히 공부하는 4-4 되자.

칭찬하는 선생님, 편애하지 않는 선생님 만들어 주세요.
여러분, 부탁해요.

포크댄스 하면서 배꼽 빠지게 웃은 일, 큰 수 배우기, 사회와 사회과 부도, 살기 좋은 강원도 세 권으로 만들어진 사회과가 너무 어려울 것 같다는 이야기, 회장 선거, 여러 가지 무게 재기, 주인공 그리기, 이어달리기, 나쁜 황사 현상, 실험하는 동안 알코올 쏟기와 식용유 쏟기, 실험 기구 깨기 등 사건과 사건, 댐을 만드는 것에 대한 찬반은 17대 17로 동점, 민속놀이의 날, 비커와 삼각 플라스크 알기, 장구 치기, 취재하는 사회 시간, 공 맞히기 게임과 공 피하기 게임, 전구의 직렬연결과 병렬연결하기, 휴대용 전등, 말판놀이, 과학의 날 행사, 흥부와 놀부 영어 역할극, 긴 줄넘기하기, 강릉 통일공원 현장 학습 간 날, 미적 체험과 사진 찍기, 종이 바구니 접기, 어버이날 드릴 꽃 접기, 한자 쓰는 시간, 봄 소풍, 작년 선생님께 편지 쓰기, 신체검사, 철봉 매달리기, 축구 시합, 농구공과 우유갑으로 한 하키, 물물교환

놀이, 판화, 짝 바꾸기, 마지막 봉사활동, 월드컵 축구 경기 4강 진출,
바디 페인팅, 짝과 함께 문제 풀기, 육상 대회 1위, 참 재미있었던 일
년이었다.

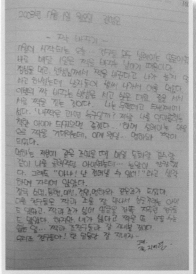

학급 일기 3

그다음 해 6학년 아이들의 학급일기이다.

3월 3일 시작이다. 비가 부슬부슬 내리더니 폭설로 변한 하루였다.

이날은 아이들이 나에게 '메두사'라고 별명을 만들어 부르기로

했다. 그리고 나는 '일 년 엄마'라고 또 하나의 별명을 만들어 같이

부르기로 했다.

첫 주는 내 눈이 오고 날씨가 안 좋았던 기억이 기록되어 있다.
속담 이어 말하기를 해서 짝을 바꾼 이야기, 한 달에 한 번 짝 바꾸기,
전교 회장에 ○○, 부회장에 □□이 된 이야기, 바람으로 가는 자동차
만들기, 37인의 합창(얼굴 찌푸리지 말아요) 반가 만들기, 솜방망이조,
애기똥풀조, 은방울조, 새란조, 금강초롱조, 도꼬마리조, 물방울조
조 이름들, 종이 거울 하기, 쌓기 나무, 체육 대회, 앞산으로 등산하기,
6학년 전체 요리 실습한 날, 장학 지도 온 날, 바다 살리기 글짓기,
수학여행, 구강 검사, 선반 만들기, 소방 훈련, 속독법 익히기, 학급
신문 만들기.

어떤 아이가 말했다. 오늘 우리나라 최초로 별을 단 여자분이
'양승숙'인데 나도 내가 좋아하는 여군이 되었으면 별도 달았지
않았을까? 하는 이야기를 했다고 한다. 그 이야기를 유심히 들은
아이는 대학교 때 ROTC를 했고, 삼척에 있는 부대에 소대장으로 왔다.
바로 그 아이가 부회장을 하던 □□이다.

교사의 말이 아이들의 진로에 이렇게 영향을 끼칠 수 있기에 말조심,
행동 조심해야겠다.

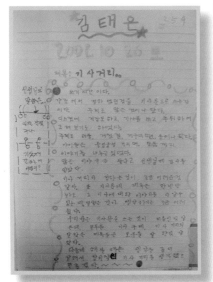
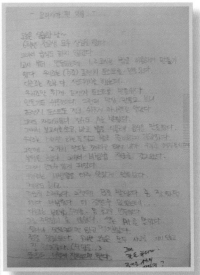

가정방문과 달걀 프라이

교사로 발령받아 가장 힘들고 보람 있었던 일을 뽑으라고 하면 가정방문이다. 언제부터인가 교사들을 매도하면서 가정방문이 없어지고 지금은 가정 환경 조사서도 없고 나이스 생활기록부에는 부모란 자체도 없다.

아이들의 생활 정도를 알고 도와줄 수 있는 방법도 없다. 요즘 교사들은 신내림이라도 받아 아이들만 봐도 환경을 알 수 있어야 하나 보다. 안타까운 일이다.

많은 아이들의 집을 돌아다니면서 이야기를 나누고, 환경을 보면서 도움에 대한 정보를 입력하다가 마지막 집이었다. 부모님이 나이가 많으셨는데, 저녁을 준비해 주셨다. 아니, 먹지 않아도 된다고 하니까,

우리 집이 가난해서 그러느냐고 해서 밥을 먹고 가기로 했다. 보리밥에 된장찌개, 그리고 김치랑 달걀 프라이였다. 너무 맛있게 다 먹고 일어섰는데, 아이가 이렇게 귀에 속삭였다. 달걀 프라이를 선생님 덕분에 몇 달 만에 먹었다고 고맙단다.

어렵던 시절, 그래도 아이들은 너무 귀하고 소중했다. 요즘 학교의 아이들 수가 적어지고 아이들의 웃음소리가 없어지는 걸 보면서 그때 아이들에게 못된 교사였지만 그래도 뭘 해 보겠다고 노력하던 어린 나의 모습이 안쓰럽고 기특하다.

원초적 제자, ○○이

처음 교사 시절은 참 어설펐다. 그런데 그때 똘망똘망한 한 아이가 있었다. 그 아이는 우리 반 반장이었다.

그곳 아이들의 부모는 모두 어떻게든 아이들을 잘 키워서 막장 인생이 아닌 삶을 살게 하고자 했다. 그들과 내 생각이 잘 맞아서 정말 함께 열심히 움직였던 첫해였다. 특히 그 반장 아이의 어머니는 더욱더 아들을 잘 키우고 싶어 하셨다.

신기하다. 초등학교 2학년 아이들은 아기들이라 그 생활을 잘 기억하지 못하리라 생각했는데, 어떻게 인연이 닿아 연락이 닿았다. 그 아이가 부산 롯데 호텔에 지배인(?)인가로 있어서 으리으리한 곳에서 하룻밤을 잘 수 있었다. 내 인생에 최고의 선물이었다. 룸으로 배달된 와인과 꽃바구니는 결혼 25주년을 정말 행복하게 지낼 수 있게 해 주었다.

그 아이는 O2 리조트 공사를 할 때도 와서 많은 조언을 하고 완성된 후 다시 다른 일을 찾아 떠났다.

지금도 이런저런 프로젝트를 하고 아이들의 진로 교육, 대학과 연계한 다양한 일에 젊음을 소진시키고 있다. 난 그 아이를 보면서 너무 대견하고 감사하다. 내 제자라서 고맙고 고맙다.

그때의 아이들을 모아 반창회를 한단다. 나더러 태백으로 오라는 데, 가슴이 떨린다. 아마 아무것도 기억 못 하는 아이들도 있을 것이고, 5년 동안 보면서 졸업을 했으니 그 후의 일들이 기억날 수도 있으리라.

긴 머리의 젊고 젊은 선생님, 그녀는 이제 늙었고 퇴임을 며칠 앞두고 있다.

친구야, 수학 수업을 바꿔 보자

어느 날 커피 타임에 동기와 이야기를 나누었다.

의사나 다른 전문가들은 십 년이면 제법 전문가가 되는데, 우리는 교사 생활 십 년에 자신 있는 수업이 있는가 돌아보았다. 여러 과목을 돌아봐도 어느 것 하나 자신 있는 수업이 없었다.

6학년을 같이하니 우리 두 반만이라도 시간표를 잘 짜서 새롭게 해 보자고 한 게 수학이었다. 6학년 정도 되면 수학을 잘하는 아이와 뒤떨어진 아이들의 차이는 엄청났다. 수학 경시반이나 중학교 수학을 선수 학습으로 하는 아이들도 있었고, 매일 나머지에 시간을 보내는 아이들도 있었다.

우리는 두 반 아이들을 모아 놓고 수학 시간은 능력별로 하려고 하는데, 너희들의 생각은 어떤지 물었다. 아이들은 좋다고 해서 방법을 알려 주었다. A 모둠은 너희들끼리 교과서의 문제와 심화 학습을 해도 좋다. B 모둠은 교과서 위주로 나와 수업을 하기로 하고, 늦은 아이들은 친구와 수업을 하기로 했다. 처음에는 수학 익힘책의 진단 학습을 가지고 아이들의 모둠을 나누었는데 나중에는 아이들이 스스로 자기 자리를 잡았다. 중간에도 얼마든지 옮길 수 있었다.

우리는 일 년을 꼬박했다. 그리고 아이들의 수학은 수포자에서 하나둘 나오기 시작했다. 아이들 입에서 "수학이 재미있어요."라는 말들이 아주 많이 나올 때쯤 아이들을 졸업시켰다.

그 친구는 벌써 5년 전 명퇴하고 삶을 즐기고 있다. 요즘은 바르게 걷기를 배워서 연습하고 있다고 한다. 그래, 잘하고 있네. 뭐든 열심히 해라.

조용필의 꿈

나는 노래를 잘하지 못하는데 노래 부르는 걸 좋아했다. 시절 따라 군가도 한 달 내내 가르치고 노래방에 가서 군가도 불렀다. 교과서에 나오는 국경일 노래도 모두 가르쳤다.

아이들도 노래를 좋아하기 시작했다. 반가도 만들고 동요와 가요를 가리지 않고 불러댔다. 어떤 교장 선생님은 뭐라고 하셨지만 그냥 밀고 나갔다.

6학년을 하던 때이다. 조용필을 너무나 좋아한 나는 어느 날 녹음기에 조용필 테이프를 틀어 주었다. 아이들이 「꿈」이 너무 좋다고 그걸 부르자고 해서 불렀는데, 아이들 졸업 30주년 행사 때도 그 노래를 합창으로 불렀다. 손을 잡고 둥글게 서서 노래를 부르니 참 정겨웠었다.

노래라는 게 무엇일까?

태백에서의 팍팍한 삶에 노래가 위로가 되었을까?

그해 6학년 담임 넷은 사마을식당(새마을식당인데 간판에 획

한 개가 떨어져 나감)에서 두부김치와 막걸리를 마셨다. 거기서도 젓가락을 두드리며 노래를 불렀다. 주임 선생님의 구수한 노랫가락이 외롭고 칼칼한 석탄 가루 날리는 문곡역 주변을 휘돌고 있었다. 주임 선생님을 제외하면 처녀 둘에 총각 선생님이었는데, 나 뺀 둘이 결혼을 했다.

주임 선생님은 교감 시절 전교생이 탁구를 하는 학교에 계셔서 만난 적이 있다. 미동이와 정훈이는 잘 크고 있겠지. 이젠 퇴직하시고 재미있는 노후를 보내실 거다. 원주 어디쯤 사신다고 했다.

나머지 둘은 결혼을 해서 잘 산다. 남편은 교장 선생님까지 했고 아내는 좀 일찍 명퇴를 하고 강릉에 터를 잡았다.

지금도 날이 구질구질하면 신김치를 볶고 두부를 팔팔 끓는 물에 넣었다 꺼내 두부김치를 먹는다. 두부김치를 먹으며 조용필의 「꿈」 노래를 흥얼거려 본다.

동생이 싸 준 도시락

우리가 살던 남춘천에서 춘여고까지는 참 멀었다. 늦은 아침에 달리고 달려서 도착하면 45분, 걸으면 한 시간이다. 차비가 아까워 매일 아침 뛰었다. 그 아낀 차비로 중앙시장 입구에서 날 기다리는 따뜻한 두유 한 병을 마셨다. 매일 아침 그걸 먹고 기운을 내서 고등학교를 보내던 시절 이야기이다.

3년을 야간 자율 학습을 했는데, 난 아침에 싸 온 도시락을 절반 남겼다가 저녁에 먹곤 했다. 세 살 아래 여동생과 함께 살았는데, 저녁에 밥을 해서 김치와 도시락을 싸 가지고 한 시간의 거리를 걸어와 나에게 주곤 했다. 어쩌면 내가 교사 생활을 42년 가까이 할 수 있었던 것은 동생의 도시락 덕분이 아닐까 생각한다. 덕분에 무사히 고등학교를 마치고 춘천교대를 갔으니 말이다.

지금 그 동생은 인천에서 정수기 코디네이터를 하면서 혼자 살고 있다. 차가 낡아서 걱정이란다. 퇴직하면 제일 먼저 그 동생 차부터 바꾸어 줘야겠다.

그 시절, 공부를 못해서 성수고를 못 가고 춘여고를 갔다는 말에 버선발로 달려오신 외할머니, 발령받고 사 드린 내복을 입고 돌아가셨다. 딸 대학 보낸다고 우리 아버지를 참 많이 혼내시더니, 발령받은 모습 보고 온 동네 자랑자랑 하셨더란다.

나는 중학교 1학년 때 초등학교 4학년 동생과 함께 자취를 시작했다. 부모님은 다시 시골집으로 세 동생을 데리고 가서 농사를 짓게 되었다.

밥도 반찬도 빨래도 내가 해결해야 했다. 세탁기도 없고, 밥솥도 없고, 오직 연탄불밖에 없었다. 펌프로 물을 길어 오고 야외 화장실은 구멍이 숭숭 나 있었다. 그래도 동생과 둘이라 외롭지 않았다. 어린 동생은 내가 해 주는 밥을 잘도 먹었다. 투정도 하지 않고 화도 내지 않았다. 그리고 억세고 독한 모습으로 더욱더 강해지고 있었다.

독사, 여깡(여자 깡패)이라는 별명으로 살았다. 지금 다시 살라면 못 산다. 그래도 살아야 했다. 살아서 나를 무시하던 많은 사람들 보란 듯이 살고 싶었다. 그리고 그걸 해 냈다. 11살 동생과 함께 말이다.

곤로에 묻은 사랑

아마 '곤로'라고 하면 이게 무엇일까? 하는 사람들이 많을 것이다. 가정용 가스레인지가 나오기 전 주방용품이다. 지금 말하면 휴대용 가스레인지라고나 할까? 그러나 가격은 더 비싸다는 생각이 든다.

하여간 무척이나 가지고 싶었던 물건이었는데, 첫날 학교를 마치고 관사에 오니 내방 가운데 이게 있었다.

'승숙아, 아버지가 곤로 사 놓고 간다. 이 낯선 땅에서 밥 잘해 먹고 잘 견디면서 사회생활을 해라. 황지도 춘천만큼 추운 곳이니, 아프지 말고 건강하게 지내라.'

아버지의 짧은 글을 읽고 소리 내어 엉엉 울었다. 황지 지리도 잘 모르면서 여기저기 물어 그 곤로를 겨우 사다 놓으셨을 아버지, 그 아버지의 모습을 생각하니 더더욱 가슴이 아팠다.

아버지 덕분에 정말 요긴하게 잘 사용했었다. 연탄불밖에 없던 시절에 석유를 넣고 불을 붙여서 난방도 하고 요리도 해 먹을 수 있는 것이었다.

지금은 가스레인지도 쓰지 않고 인덕션을 쓰는데, 추억의 그 물건이 생각나는 바람 부는 날이다.

선산에서 엄마와 동생을 보고 계신가요? 둘 다 건강하게 지낼 수 있게 잘 지켜봐 주세요. 아버지 딸 이제 교직 마감을 앞두고 있답니다. 늘 선생 하는 큰딸이 자랑스럽다고 하셨는데....

주차장에 모여 있는 아이들

아침에 출근하면 아이들이 주차장에 모여 있다. 그리고 나의 카니발 트렁크를 열라고 한다. 이 풍경은 매주 월요일의 모습이다.

유난히 그해 2학년 아이들 모두 가정 형편이 어려웠다. 학원을 가는 두 명의 아이를 빼면 모두 결손가정이었다. 그래서 5시까지 돌봄 공부방을 했다. 학교에서 숙제도 미리 하고 책도 읽고 운동장에서 놀았다. 바쁘지 않은 날은 전통 놀이를 재미있게 했다. 아이들은 놀이를 변형시키고 다양한 룰을 만들어 했다. 지금도 그때 만들어진 놀이들이 가장 재미있었던 것 같다.

나의 카니발 트렁크에서는 일주일 간식이 나온다. 바나나며 초코파이며 아이들의 웃음을 만드는 간식들이 쏟아져 나왔다. 아이들은 환호성을 치며, 간식 보따리를 들고 교실로 갔다. 그리고 그 간식은 아이들 스스로가 나누어 먹도록 했다.

아이들끼리 하는 선생님 놀이는 정말 대단했다. 1학년 선생님 말씀으로는 나의 말투와 행동이 똑같다고 했다. 그렇게 방과 후 놀이방은 때로는 공부방이 되기도 하고, 낮잠을 자기도 했다. 만화 영화를 아주 좋아해서 네이버 만화를 시리즈별로 다 보고 또 봤다.

공부도 내가 가르친 것보다 자기들이 스스로 깨친 것들이 많았다. 특히 쓰기를 싫어하던 아이들에게 포스트잇으로 글을 쓰게 한 건 신의 한 수였다. 아이들이 아주 재미있어했고, 글쓰기에 실력을 더하고 문해력을 키우는 데 최고의 선택이었다.

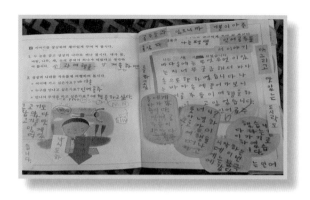

초록봉에서 밀었어요

　지금도 그 아이만 생각하면 가슴이 먹먹하고 아프다 못해 아리다. 5학년 한 선생님께서 담임을 못 하겠다고 상담을 요청하셨다. 그러면서 그 아이가 한 시간 동안 색종이 한 권을 다 비행기를 접어 자기한테 날렸다고 한다. 그중 몇 장의 비행기를 읽고 너무 큰 충격이라 아이를 만나기로 했다.

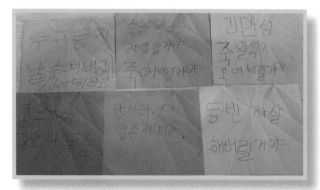

　그 반, 이 아이 때문에 매일이 지옥이란다. 마침 미술 상담 치료사를 공부하고 있을 때였는데, 아이를 만나보고 몇 회기를 할 건지 계획을

짜 보려고 했다.

아이는 키도 크고 아주 잘생긴 남학생이다. 미술실에 들어오는데 벌써 불만의 눈빛은 저주와 고통으로 가득 차 있었다.

다른 이야기는 하지 않았다. 자기는 죽고 싶다. 누구든 걸리면 같이 죽을 것이다. 사는 게 아무런 의미가 없다고 했다.

공부 끝나고 교무실에서 다시 이야기를 하자고 했는데, 늦은 퇴근을 하던 어느 교사가 너무나 깜짝 놀라며, 자기랑 먼저 이야기를 하자고 했다. 그래서 이야기를 들었는데, 지난주 법원에 이혼 서류를 접수하러 갔다가 저 아이의 엄마를 만났다고 했다. 가정 폭력에 시달리고 고등학생, 중학생 형들이 있다고 했다. 큰형은 작은형을, 작은형은 막내를 때리고 학대한다고 했다. 그리고 자기는 막내만 없었으면 벌써 이혼을 했을 텐데 막내가 원망스럽다고 했단다.

아이와 상담을 했다. "힘들지?"라는 한마디에 대성통곡을 하면서 엄마가 초록봉에 놀러 가자고 했단다. 즐겁게 따라갔는데, 낭떠러지에서 자기를 밀었단다. 엄마의 다리를 붙들고 살려 달라고 울며불며 매달렸는데, 긴 시간이 흐르고 엄마가 울면서 자기를 살려 주었다고 한다. 언제든 엄마는 자기를 죽일 것이고 쓸모없다는 말과 너 때문이라는 말을 엄청 많이 했다고 한다.

엄마를 만났다. 모든 게 사실이고, 남편은 딴 살림을 차렸다고 한다. 아이들이 너무 싫단다. 그런데 남편은 아이들을 데려가지 않겠다고 한다. 돈도 없고 아이들 키우기도 싫고 이 상황에서 도피하고 싶을 뿐이라는 것이다.

결국 시와 동의 도움을 받아 엄마의 교육 및 취업도 할 수 있는 기회를 제공받았다. 세 아이는 모두 학교에서 여러 가지 도움을 받게 하고 심리 치료도 병행했다.

다음 해 그 학교를 떠나 그 뒤의 이야기는 어찌 되었는지 모른다. 아이의 절망적인 색종이 비행기는 아직도 내 파일 속에 간직되어 있고 엄마와 세 아들의 행복을 빌어 본다. 잘 지내고 있니?

라면 한 상자와 쌀 반 자루

오늘은 봉급날이다. 퇴근하고 날이 어두워지기를 기다렸다. 머리에 쌀 반 자루와 라면 한 박스를 이고 관사를 나선다. 그 아이의 집은 학교 앞 저탄장을 지나 산을 하나 넘어가면 그 정상 부근에 있다. 오늘따라 달도 없고 주위는 너무나 어둡다.

40여 분을 걸어가다 보니 땀은 비 오듯 줄줄 흐르고 긴 머리는 더 치렁거린다. 탄가루 날리는 길을 걸어서 바지와 신발은 이미 먼지투성이다.

아이들과 할머니를 만났다. 너무 반가워하신다. 오늘이 6개월째인데 다음 주에 엄마 아빠가 나오신단다. 너무나 다행이다. 사기 사건에 연루되어서 6개월 형을 살고 나오시는 것이다. 나오시면 고향 동네로 이사를 간다고 하셨다.

할머니와 이런저런 이야기를 나누고 돌아서는데, 꼬깃꼬깃한 걸 내 손에 쥐여 주신다. 아이고, 아니라고 해도 꼭 가지고 가셔서 짜장면이라도 한 그릇 사 잡수시란다. 한참 실랑이를 하다 돌아섰다.

그다음 주 엄마 아빠가 오시고 아이들은 전학을 갔다. 난 그 꼬깃꼬깃한 걸 돌려드리지 못했다. 아직도 내 앨범 속에 소중하게 들어있는데, 언제 다시 만날 수 있을지 모르겠다. 그 500원짜리 지폐는 할머니의 소중한 마음이었다. 다리미로 잘 다려서 반듯하게 만들어 넣어 놨다. 그 가족의 인생과 삶이 편안하기를 바라면서.

내가 빵셔틀 할게

고등학교 시절 아이들은 미팅도 빵집에서 하고 간식도 빵을 사 먹었다. 이름하여 제과점 빵이다. 나는 작은 구멍가게에서 파는 노을빵이나 단팥빵밖에 모르는데 너무나 고급스러웠다.

춘천 명동에 딱 한 곳이 있었는데, 우리 반 아이들은 그곳 단골손님이었다.

하루는 야간 자율 학습 시간에 시끄러워 내용을 들어 보니 돈은 다 내고 누가 빵을 사 오느냐를 가지고 의견들이 다양했다.

"얘들아, 내가 빵을 사다 줄게. 대신 나도 빵을 하나 사 줘. 난 돈이 없으니 빵 사다 주는 일을 할게."

아이들은 흔쾌히 승낙을 하고 난 그때부터 '빵셔틀'을 시작했다. 매일 사 오는 건 아니지만 자주 그 일을 했었다.

학교에서 명동까지 달리면 10분 정도가 걸리고, 빵을 골라 사서 또 달리면 달리는 시간 10분 정도, 그래서 30분은 걸렸다. 그리고 빵을 나누어 먹으면 다시 야자 시간이 시작되었다. 그때 먹은 빵은 정말 맛있었다.

지금도 제과점 롤케이크나 카스텔라를 보면 정신없이 한 조각 먹어야 다음 일을 할 수 있을 정도다. 하긴 내가 먹던 빵은 보리 개떡이나 어쩌다 만난 찐빵이었으니까.

학교 폭력 사건으로 아이들에게 빵셔틀을 시켜서 문제가 된 경우를 만날 때면 나의 가난했던 고등학교 시절이 생각난다.

내가 직장 생활을 하면서 우리 내외가 번 돈으로 아이들을 양육할 때가 돼서야 잘사는 사람과 그렇지 않은 사람의 삶이 얼마나 다른지 절감하게 되었다. 그리고 빵셔틀을 하면서 당당했던 나를 진심으로 격려해준다. 참 잘했어. 대단해. 그리고 잘 견뎠어.

이전 개교식

집 앞에 있는 학교에서 너무나 많은 사고로 아이들을 잃었다. 학부모님들은 새로 난 해안도로가 높고 학교가 움푹 들어가니, 기와 맥이 잘려서 그렇다고 학교 이전의 문제가 시작되었다. 지역 교육청에서 오고, 도에서도 와서 많은 이야기와 청문회가 열리고 결국, 천곡동으로 이전하기로 했다. 교육청과 가까운 곳에 학교 부지가 선정되었는데, 너무 천곡 쪽이라고 반대를 했다. 결국 동해지방해양수산청과 부지를 바꾸고 학교를 이전하게 되었다.

차라리 신설 학교가 훨씬 좋다. 새집에 먼저 집 가구와 살림살이를 가져가는 모양이라 어울리지 않는 게 너무나 많았다. 그걸 보완하고 절충하느라 시간을 다 빼앗겼다.

이 학교에서 신설되는 학교까지 적어도 100번은 더 왔다 갔다

하면서 친환경으로 지어지는 학교를 세심하게 관찰했다. 운동장에 70여 개의 관을 묻어 지열을 끌어와 전기와 함께 섞어서 에너지를 쓰고 벽과 각종 자재, 페인트 등은 모두 화학 물질이 섞이지 않은 것으로 했다.

드디어 2월 15일 이삿짐이 떠나기로 했는데, 아침에 일어나니 70cm의 눈이 밤새 내렸고 지금도 계속 눈이 오고 있었다. 동문들과 학교장은 다른 건 몰라도 교기와 학교 명패는 먼저 들어가야 한다고 했다. 토끼 굴을 파듯 길 하나를 만들어 오후 3시경 교기와 학교 명패를 들고 들어갔다. 너무나 눈물이 나서 한참을 울었다. 그런데 다음 날까지 30cm의 눈이 더 오고 동해시에는 체육관 5개가 무너져 내렸다.

3월 2일에 학생들이 교실에 들어와야 하는데, 책상과 의자가 배달되지 않는 상황이 계속되었다. 그리고 책상과 의자는 3월 2일 새벽에 도착했고 비닐도 뜯지 못한 채 교실에 넣었다. 다행히도 3월 2일 실내에 있는 다목적실에서 입학식과 시업식이 거행되었다. 정말 감격스러웠다.

다시 이 지면을 빌어 함께한 교직원들에게 진심으로 감사드린다. 특히 고생한 행정실장과 교무였던 나에게도. 3월 15일 이전 개교식까지 하고 모든 게 자연스럽게 되었지만, 구석구석에서 보이는 하자 덕분에 한참은 힘들었다.

지금도 학교를 지나칠 때면 고생과 눈물로 만들어진 학교가 보인다. 이전 개교는 정말 말리고 싶다. 초빙교사까지 6년 정도의 시간을 보낸 그 학교에 애착이 많았지만 다 지나간 일 중 하나였다.

삼척에서 온 아이

5학년 한 아이가 삼척에서 전학을 왔다. 첫 미술 시간에 그 아이의 작품에서 치료가 필요하다고 느꼈다. 엄마에게 연락을 하니 아버지랑 통화를 하란다. 아버지와 통화를 한 후 16회기 미술 치료를 시작했다. 하지만 그 아이는 미술 치료를 거부했다.

첫 회기 때는 종이에 선만 긋고 종이가 찢어져도 계속 그 행동을 했다. 나를 가르쳐 준 미술 치료 선생님께 문의를 했더니, 그냥 놔두면 자기가 먼저 마음을 열 것이라고 했다. 2회기 날도 그냥 와서 아무것도 하지 않고 있다가 갔다.

3회기 때 처음으로 마음을 열었다.

"엄마랑 살고 싶어요."

"엄마랑 살 수 없는 상황이야?"

"네."

"이야기해 주면 이해가 될 것 같은데."

친엄마와 잘살고 있는데, 서울 새엄마가 나타나고 이혼을 했단다. 하지만 친엄마는 삼척에서 혼자 살고 있었다. 서울 새엄마와 아빠의 갈등 속에 가출과 결석을 밥 먹듯 했고, 결국 서울 새엄마와도 이혼을 했다. 친엄마와 살다가 다시 아빠랑 살면서도 가출과 결석은 계속되었다고 한다. 가출은 엄마 찾아다니느라고 했고, 결석은 엄마랑 떨어지지 않으려고 학교도 가지 않았단다. 담임선생님과 상담에서 환경을 바꾸어 주는 것도 좋은 방법이 되지 않을까 생각한다는 말에 동해로 이사를 강행했다. 그사이 또 다른 주문진 새엄마가 나타났다. 그 엄마에게는 딸이 있었는데, 그 아이는 2학년이었다.

이사하는 것도 전학을 가는 것도 알려주지 않아 아이는 너무나 큰 충격과 황당함으로 어쩔 줄을 몰랐다.

　제일 큰 방은 아빠랑 새엄마가 살고, 두 번째 방은 여동생 차지이면서 옷장과 책상 새 제품이 들어왔단다. 거기다가 침대도 엄청 좋은 것으로 준비가 되었단다. 하지만 제일 작은 방이 자기 방인데 삼척에서 쓰던 낡은 책상과 침대를 그대로 옮겼다고 했다.

　다시 먼저 학교의 친구들과 엄마가 보고 싶어 다시 가출과 결석을 시작했다. 이 아이는 오직 친엄마와 함께 사는 것만 생각하고 있는데, 지금의 이 가족 구성원이 마음에 들지 않는다는 것이다.

　자아존중감과 우울감이 높은 수치가 나왔다.

　자유화 그리기, HYP 그리기, 만다라 그리기, 어항 속의 물고기 가족화 그리기, 상호난화 그리기, 콜라주로 자기 마음 표현하기, 지점토로 내 모습 만들기, 9분할 통합 회화 그리기, 동적 학교 생활화 그리기, 빗속의 나 그리기, 풀 그림 그리기, 감정 카드, 공감 대화 카드로 이야기하기, 내 인생의 중요한 항아리 그리기, K-HTP 그리기를 했다.

　미술 치료는 잘 되었다. 하지만 지속적인 상담이 필요할 것 같아서 열흘에 한 번씩 만나기로 하고 끝냈다. 마지막으로 아버지와 만나서 지금까지의 일을 이야기하고, 새엄마와의 관계와 차별을 해소하고 방도 바꾸어 준다고 했다. 친엄마도 경제력이 없어 아이를 맡길 수 없는 상황이라고 했다.

　미술 치료 1급을 4년에 걸쳐 따게 되었는데, 교무 8년 동안 미술 전담을 했으니 참 잘한 선택이었다. 많은 도움이 되었고 그림 속에 아이들의 아픔이나 행복이 고스란히 들어가 있기 때문이다. 이제는 아이들이 행복했으면 좋겠다. 치료받지 않아도 될 수 있게.

노래패와 합창의 퇴임식

　업무 분장을 하는 2월은 참 힘들다. 한 학년에 7개 반이 있는 학교에서 교무 선생님은 연수 가시고 교감 선생님과 연구부장인 내가 업무 분장을 짜고 있었다. 지금은 인사 위원회도 있고, 교사들의 생각을 많이 해 주는 때지만, 그때는 그런 게 부족했던 때였다.

　"이 선생님은 이게 부족하고, 이 선생님은 이게 안 되고...."

　"교감 선생님, 얼른 짜야지요. 이러다가 아무것도 못 하겠네요."

　"그러게. 참 힘드네."

　뭔가 우리의 대화를 듣고 계시던 내년 2월 퇴직의 교장 선생님께서 차 한잔하자고 말씀하셨다.

　"교감 선생님, 선생님들은 모두 공부도 잘하고 훌륭한 분들입니다. 지금부터 부족하고 좋지 않은 단점을 찾지 말고 발전 가능한 부분과

장점을 찾아 학년과 업무를 맡겨 보세요. 분명히 잘해 낼 겁니다."

"아, 네. 알겠습니다. 명심하겠습니다."

그날 업무 분장은 수월하게 끝났고, 일 년이 아주 행복했다. 그리고 2월 퇴임식에는 노래패와 그 노래를 합창으로 불러 드렸다. 노래는 작곡을 잘하는 선생님께서 만들어 주시고 구석구석에서 조용히 연습을 하고 그날 발표를 했다. 정말 아름다운 퇴임식이었다.

며칠 전 부고에 그 교장 선생님의 함자가 들어 있었다. 나는 차 한 잔을 들고 소나무 밑에 앉아 그때 그분을 생각해봤다. 정말 훌륭한 분이시다. 3남매도 잘 키우셨는데, 부디 편안한 영면에 드셨으면 한다.

늘 효자인 선생님

늘 효자인 선생님이 계셨다. 그분은 강릉에서 차를 운전해 동해로 다니셨는데, 차를 가지고 오지 않는 날이 많아 여쭈어보았더니, 어머님이 꿈자리가 뒤숭숭하다고 걱정하시면 버스를 타고 오신다고 하셨다.

1학년 국어 수업을 하시는데, 글자를 읽을 때 하나씩 풀어서 발음을 하게 하시니까 아이들의 읽기 수업이 엄청 쉬웠다. 나도 그 방법을 써 보니 글자의 원리를 알게 되고 아이들도 읽기와 받아쓰기를 쉬워했다.

항상 친절했던 선생님은 특히 야영이나 학예회, 운동회 때 교무 선생님으로 일 처리가 매우 간결했다. 배울 점이 많았다.

강릉으로 가시고 얼마 지나지 않아 교육장이 되셨다. 강릉 교육이 잘되는 모습도 종종 들을 수 있었다.

모신 분 중에 다른 한 분도 교육장이 되셨는데, 그분은 특이하게도 생선 뼈도 다 드셨다. 식당에서도 꼭 뼈를 전자레인지에 한 번 돌려달라고 하시고는 아작아작 소리까지 내며 드셨다. 덕분에 나도 생선 뼈를 먹기도 한다. 그분은 내게 장학사 시험을 보라고 책도 주셨었다. 하지만 남편의 강한 반대로 시험지의 답을 오답으로 표기했다. 그리고 그 길을 가지 않았다. 아이들 셋을 초, 중, 고에 두고 내 인생을 위해 그 길을 갈 수가 없었다. 육아의 문제는 이렇게 다시 나의 발목을 잡았다.

3년 묵은 김장 김치와 꽁치찜

평소에 강릉댁에 갔다가 일요일 저녁, 교장 선생님 내외가 오시는데 같이 저녁을 먹자고 했다. 땅속에 묻어 3년이나 묵은 김장 김치를 넣고 끓인 꽁치찜이었다. 난 그때까지 김장 김치를 3년씩이나 묵혀 놓았다가 먹는 걸 처음 보았다. 사모님께서 요리를 잘하셨다. 양념하는 방법이나 제철 채소들을 저장하는 방법도 가르쳐 주시고 식비 줄이는 방법도 알려 주셨다. 옛날 남편 혼자 버는 외벌이 박봉에 살림 노하우가 많이 늘었다고 했다.

그해 관사에 살면서 참 많은 생활의 지혜를 배웠던 생각이 난다. 우리는 도계장인 4일과 9일에만 먹을 것을 준비하고 알뜰하게 절약해서 목돈을 모았다. 그리고 다음 해 12월 전세금을 돌려주고 동해 아파트로 이사했다.

지금도 신규 선생님이나 결혼한 지 얼마 되지 않은 맞벌이 선생님들께 관사에 가서 아이들을 키우고 오라고 권하고 싶다. 얼른 목돈을 만들 수 있기 때문이다. 그러나 그것도 말하기 어려운 세상이 되었다. 요즘 젊은 교직원분들은 알아서 척척 자신의 인생을 설계하기 때문에 우리들의 조언이 필요하지 않을 수도 있겠다.

난 그 시절 아이들과 관사에 살면서 배추도 심고 고추도 심고 물도 주면서 살았던 시간이 아주 소중하다. 아이들도 그 시절을 잊지 못한다.

그 학교는 한 학년이 진달래, 개나리, 민들레반으로 되어 있었는데, 지금은 전교생이 20명도 안 된다고 한다. 하긴 두 건물 중에 한 건물은 안전 진단에서 위험하다는 경고를 받고 비워 두고 있는 실정이니, 언제 폐교가 될지 모르겠다.

가끔 태백을 다녀오면서 보게 되는 학교는 덩그러니 산 중턱에 있지만 내 마음속에는 가장 가운데 자리 잡고 있으며, 두 번이나 근무를 했다.

고려대 출신 두 교사

작은 학교인데 두 분이나 고려대 출신의 선생님이 계셨다. 한 분은 그 유명한 4·19 때 데모했다고 퇴학을 당했다가 어찌어찌해서 초등학교 선생님이 되셨다고 한다. 또 한 분은 학교 다니다가 몸에 아토피가 너무 심해서 강원도로 치료 차 왔다가 이곳에서 초등학교 선생님이 되셨다고 한다.

그 두 분은 모두 강릉에서 다니시는데, 정말 똑똑했다.

한 분은 가끔 4·19 이야기를 해 주시면 난 너무 재미있어서 턱을 괴고 앉아 일화를 듣곤 했다. 난 그해 4월 25일에 태어났기 때문이다. 어려운 시절 태어나서 엄마는 늘 미안했다고 한다. 어린아이한테 쌀밥을 먹이지 못하고 옥수수쌀을 만들어 밥을 해 줘도 징징대지 않고 꼭꼭 씹어 먹는 모습이 늘 가슴 아팠다고 한다. 그런 시절에 태어났으므로 나만 가난했던 것은 아닐 것이다.

다른 한 분은 자기의 사생활을 전혀 이야기하지 않았다. 다만 한 번의 결혼을 실패하고 두 번째 결혼 생활을 한다고 하셨다. 이분은 정말 알뜰했다. 점심 도시락은 찬밥 남은 것을 싸 오시고, 반찬이 조금 남아도 절대 버리지 않았다. 내가 버리려고 하면 무척 속상해하시며 그래서 언제 돈을 모으냐고 하셨다. 그래서인지 강릉에 상가도 있고 빌라도 있다고 했다.

다음 해 두 분은 모두 강릉으로 가셨다. 어쩌다가 고대 이야기만 나오면 그분들이 생각난다. 모두 잘들 지내시겠지.

선배님, 왜 딸만 낳아요?

둘째를 낳고 한 학기가 지난 후 다른 학교로 전근을 갔다.

첫날 환영회 회식 자리에서 총각 선생님이 뼈 때리는 소리를 한다.

"선배님, 왜 딸만 낳아요?"

"그게 마음대로 되나요?"

"난 결혼하면 아들만 낳을 겁니다."

"그래요."

그리고 나는 그곳에서 아들을 낳고 그 학교를 떠났다.

시간이 많이 지난 다음 삼척의 어느 학교에서 교감을 할 때 나이스 인사 기록에 어느 부장의 남편의 이름이 익숙해서 물어보니 그분이 맞다.

인사 기록에는 딸 하나와 쌍둥이 딸이 있었다.

웃음이 났다. 그렇게 큰소리치더니 나보다 딸이 하나 더 많았다.

말을 조심해야 하는데, 결국 그분은 승진도 하셨지만 그 말 때문에 마지막 승진을 못 하고 계신다.

살면서 생각하는 대로 다 되면 얼마나 좋을까? 그러나 그렇게 되지 않는 것이 인생사일 것이다. 늘 말을 조심하고 살아야 할 것 같다.

쓰레기 더미 속 아이, 사죄합니다

한 아이가 자주 결석을 한다. 그래서 그 아이 집을 방문하기로 했다. 그때는 둘째 임신 중이라 배가 많이 부른 상태에서 가정방문을 하였다. 그런데 아이의 가족은 남의 집에 셋방을 살고 있었는데, 주인이 나를 보자마자 이사를 가게 설득해 달라고 했다.

방문을 두드리니 겁에 잔뜩 질린 우리 반 여자 아이 혼자 방에 있었다. 집안은 쓰레기와 정리되지 않은 옷가지들이 한가득이었다. 썩은 냄새와 지린내가 진동했다.

나는 더 이상 그 집에 머무를 수가 없었다. 그 아이 손에 2,000원을 들려주고 방문을 닫았다.

그 아이는 계속 학교에 오지 않았고, 이사를 갔다.

많은 아이들을 담임하면서 다양한 어려움을 가진 아이들을 보듬었는데, 나의 위선이 다 까발려진 날이었다. 나도 별수 없었다.

나중에 TV에서 보니 우울증이나 저장강박증일 거라는데, 한 번도 그런 상황을 겪어 본 적 없어 눈 감고 모르는 척했다.

이 자리를 빌려 사죄한다. 지금이면 정말 외면하지 않았을 것이다. 그 아이에게 진심으로 사과한다. 방법을 찾아 그곳에서 구해 주었어야 했는데 정말 부끄럽다. 그래서 그 이후 더욱더 안타까운 아이들을 외면하지 못했나 보다.

밥은 이렇게 먹는 거야

1학년 담임을 할 때다. 아이들을 데리고 급식소에 갔는데, 한 여자아이가 밥을 입에 넣고 가만히 앉아 있다. 왜 그러느냐고 물으니 씹는 것을 하지 못한다고 했다. 지금까지 밥을 제대로 씹어 먹는 것을 배운 적이 없단다. 세상에나.

그날부터 그 아이 옆에 앉아 조금의 밥을 입 안에 넣고 씹는 것을 가르쳤다.

"양 양 양 양."

"양 양 양 양."

"냠 냠 냠 냠."

"냠 냠 냠 냠."

김치도 나물도 전혀 먹질 못하고 내 눈치만 보았다. 필수 준비물인 가위를 들고 잘라 주고 꿀떡 넘기는 것도 가르쳤다.

오빠가 둘 있는데, 하나는 중학생이고 하나는 우리 학교 도움반이다. 그런데 1학년짜리 아이가 그 도움반 오빠의 미술 학원도 집에서 버스를 타고 데리고 갔다가 데리고 온다고 했다.

학교가 끝나면 바로 집에 들어가지 못하고 집 앞의 슈퍼나 미용실 등에서 엄마를 기다리다가 집에 들어간다고 했다. 슈퍼나 미용실 등에서는 너무나 귀찮아하고 잘 아는 관계도 아니라면서 아이들을 내보내면 그 밖에서 엄마 올 때까지 비바람을 다 맞고 있다고 했다.

엄마는 상담에 전혀 응하지 않고 공부가 끝나면 버스를 태워 미술학원에 갈 수 있게 해 달라고 했다. 할 수 없이 매일 아이를 데리고 버스 정류장에 가서 버스를 기다렸다.

이 아이들은 잘 지내고 있을까? 밥도 잘 먹고 그림도 잘 그리는 아이는 2년을 담임하고 헤어졌다. 그곳 버스 정류장을 지날 때면 생각난다.

도움반 선생님과 함께한 두 아이

1학년 담임을 맡았는데 두 아이가 자기 이름도 숫자도 전혀 알지를 못했다. 그때는 입학 조서에 유치원을 다녔는지 적었었는데, 다닌 경험이 없었다.

다른 아이들은 학습 내용을 들어가야 하는데, 걱정이 되었다. 마침 도움반이 있어, 도움을 요청했다. 일 년만 도와주면 2학년 때는 도움반을 벗어날 수 있지 않겠느냐고 설득과 설득으로 아이들을 도움반에 입적했다.

1학기가 끝날 때쯤 학습 성취가 50점 정도 되었다. 그리고 다시 한 학기가 지나고 12월 학력평가에서 70~80점대 성적이 나왔다. 도움반 선생님과 하이 파이브를 하면서 좋아하고 2학년 때 도움반을 나오게 되었다.

도움반은 꼭 정신이나 신체 장애아만 가는 곳이 아니었으면 좋겠다. 그 두 아이가 평범하게 살 수 있도록 했던 일 년은 정말 보람 있는 시간이었다.

지금도 어딘가에 계실 도움반 선생님이 너무 고맙다. 그때 거절했으면 그 두 아이는 지금도 정말 도움을 받는 아이로 살고 있을지도 모른다.

아이들을 도와주는 건 무엇일까? 꼭 금전적으로만 도움을 주는 건 아닐 것이다. 특히 요즘처럼 정서적으로나 심리적으로 힘들어하는 아이들에게 교사의 역할이 무엇인지 곰곰이 생각해 볼 필요가 있을 때이다.

실기 대회와 수학 경시 대회

그때는 해마다 여름방학 직전 '실기 대회'라는 걸 했다. 음악 미술 분야에서 대회를 하고 학생들에게 상을 주는 것을 말한다. 또 학기 중에는 수학 경시 대회를 해서 학교별로 업무 분장에 수학 경시가 있던 시절이다.

시내에 있는 학교는 학생들이 피아노 학원이나 미술 학원에 다녀서 그냥 대회를 데리고 나가기만 하면 되는데, 외곽에 있는 학교는 학생들이 학원에 다니는 경우가 없어서 애를 먹곤 했다. 우리 학교도 마찬가지라서 할 수 없이 독창하는 아이와 수학 경시하는 아이를 데리고 우리 집으로 왔다. 우리 아이들과 같이 저녁을 먹이고, 독창하는 아이는 우리 딸 다니는 피아노 학원에 수강을 시켜 노래 연습을 하게 했다. 수학 경시 아이는 내가 데리고 공부를 시켰다. 밤 9시쯤 끝나면 두 아이를 태워 집에 데려다주는 일을 두 달 정도 했다.

독창하는 아이는 2등을 했고, 수학 경시한 아이는 3등을 했다. 그 아이들은 커서 독창하는 아이는 한국해양대학교에 가고 수학 경시를 한 아이는 서울시립대를 나왔다고 한다.

세월이 흘러 수학 경시를 한 아이는 서해안 전기를 만들어 파는 회사에 근무한다며 양주를 사 가지고 와서 1박 2일을 같이 보냈다. 독창을 한 아이는 지금 영국에서 교수를 한다고 한다.

어려운 시절, 그 아이들과 함께한 시간들이 참 소중하다. 그 아이들에게도 소중하겠지.

82

선생님!! 또 교문을 나갔어요

"아이고, 아이가 또 교문을 나갔어요."

"저는 정문 아래쪽으로 가 볼게요."

한참을 돌아다니다가 개울가에서 놀고 있는 아이를 발견했다. 아이랑 같이 오면서 마트에 들러 아이스크림을 사 주면서 집 이야기를 물었지만, 할머니 이야기만 하고 다른 이야기는 하지 않는다.

도움반의 개별화 교육 계획 때 아버지를 만났는데, 잔뜩 찌든 외투를 입고 오셨다. 술 냄새가 엄청 풍긴다. 알코올 중독으로 치료도 받다가 그만두고 외국인 부인에게 폭력을 많이 휘둘러 가 버렸다고 한다. 이웃에 사는 할머니가 집을 관리하고 아이 학교를 보내 주지만 어려움이 많은 것 같았다.

지역 아동 센터에서도 문제가 많아 받아 주질 않는다고 했다. 학교 앞에 있는 복지관에 청소년 지도사가 좋은 분이 계셔서 함께 이 아이 지도를 위한 방법을 연구하고 읍사무소와도 협력해서 여러 가지로 도움을 주고 아이도 잘 적응하면서 교문을 나가는 일이 없어졌다.

지난 겨울방학을 시작할 때 청소년수련관에서 조립 로봇 세트를 아이들에게 나누어 준다고 선생님이 오셨는데, 그 청소년 지도사였다. 너무나 반가워 그 아이의 이야기를 물었다.

아버지가 돌아가시고 나서 할머니도 돌아가셨단다. 아이를 돌봐 줄 사람이 없어서 춘천인지 원주인지 돌봄이 되는 곳으로 갔다고 한다. 가슴이 먹먹하다. 부디 그곳에서 지금까지 받지 못한 사랑을 받았으면 좋겠다.

스스로 공부하는 6학년

6학년을 하면서 어떻게 하면 스스로 공부하게 할 수 있을까를 많이 생각한다. 중학교 가서 학원 공부가 아닌 내가 스스로 계획을 짜서 공부하는 아이들이 되었으면 하는 마음이었다.

학급 문고와 운영비로 두 종류의 전과를 샀다. 그리고 그곳의 내용을 비교하면서 숙제도 하고 의견도 나누었다. 마침 교사들의 수업을 도와주는 인터넷 사이트가 있는데, 거의 전 교사가 쓰는 곳이다. 그곳에서 평가지도 찾아 사용하고 학습 내용도 사용하는데, 이곳에서 매월 월말고사를 시행한다. 아이들이 사이트에 들어가 제한된 시간 안에 평가지를 풀고 제출하면 되는 것이다.

처음에는 컴퓨터로 제한된 시간 안에 평가를 하는 걸 무척이나 힘들어했다. 하지만 자꾸 하면서 요령도 생기고 평가 결과도 분석해서 주니, 아이들이 흥미를 가지고 모두가 참여하게 되었다. 최고의 성적은 89등인가를 했다. 상위 5% 안에 들었으니, 본인은 물론 아이들이 정말 좋아했다.

학원에 가는 몇몇 아이들을 제외하고는 교실에서 5시까지 숙제도 하고 부족한 것을 서로서로 도와가면서 공부하던 모습이 눈에 선하다. 특히 정구부 아이들의 공부를 도와주던 아이들의 선행도 참 고맙다. 그런데 그 아이들의 말은 참 달콤하고 사랑스러웠다. 친구들의 공부를 도와주려고 더 열심히 공부했다고 한다. 어떻게 하면 더 쉽게 가르쳐줄까를 고민하던 아이들, 지금은 잘살고 있겠지. 정말 소중한 아이들이었다.

지금 생각하면 시골에서 누군가에게 자신의 학습 정도를 전국의 또래들과 같이 비교하고 평가받는 것이 마냥 좋지만은 않았을 것이다.

그래도 늘 아이들에게 너희 또래들이 전국에 60만 명이 있다는 걸 기억하라고 했던 말들도 생각이 난다. 60만 명이 얼마만큼의 숫자인지 모르지만 그 무게는 느꼈을 것이다. 그때 만난 인터넷상의 평가는 지금은 흔한 상황이지만 다른 세계에 들어간 기분이었을 것이다.

보육원으로 간 형제

아이들을 담임하거나 돌보는 일은 참 쉽지 않다. 그때는 방과 후와 돌봄 업무를 할 때이다. 에듀버스가 나가는 4시 30분까지는 전교생들이 학교에 있어서 늘 긴장의 연속이었다. 때로는 놀다가 미끄럼틀에서 떨어져 팔이 부러지기도 하고, 방과 후 활동하기 싫어서 치과 간다고 네 명이 도망친 사건, 천곡동인데 개 짖는 소리가 들리느냐고 하니, 어떤 아주머니가 데리고 가는 개라고 하던 일은 다음 날 진실이 알려지고 끝났다.

그런데 두 형제가 안 와서 물으니, 환경이 열악하다고 하면서 요즘 결석이 잦다고 했다. 담임들과 찾아간 집은 화장실 휴지가 산더미이고, 방에는 휴대용 가스레인지와 냄비, 라면 봉지가 흩어져 있었다. 두 아이는 게임에 빠져 있었다. 같이 간 선생님께서 능숙하게 엄마는 어디 갔냐고 물으니 모른다고 했다. 쓰레기들을 대충 치우고 그 선생님은 두 아이를 데리고 목욕탕으로 가셨다.

난 학교에 돌아와 시청에 연락을 했더니, 복지과 담당자가 잘 알고 있었다. 엄마는 유흥업소에 다니시는데, 아이들 방치로 경찰서도 갔었고, 복지과에서 방문도 많이 했지만 아이들 키우기 싫다는 말만 되풀이했다고 한다.

어느 날 둘째가 인라인스케이트를 타다가 다리가 부러졌다. 그의 가족은 모두 병원으로 가서 생활하고 담임은 환자에게 치약, 샴푸, 수건 같은 필요한 물품을 실어 나르고 병원에 가서도 아이들을 씻겼다.

　다음 해 난 다른 학교로 발령이 났는데, 후에 이야기를 들으니 두 아이는 결국 강릉 보육원으로 보내졌다고 한다. 엄마가 부모 권한을 모두 포기했단다. 거기 가서 잘 지내고 있니?

4, 6학년의 운동장 팀 티칭 수업

　열린 교육으로 아이들의 수업 방식을 바꾸어 보던 때이다. 교육에 대한 생각이 같은 6학년 선생님과 함께 아이들이 마음껏 움직일 수 있게 운동장에서 수업을 해 보자고 했다. 체육관이나 다목적실이 없는 학교라 지금 생각해도 웃음이 난다. 주제 통합으로 4, 6학년 음악, 미술, 체육과 팀 티칭 수업이다. 4학년 두 반 선생님, 6학년 두 반 선생님, 체육 전담 선생님까지 5명의 선생님이 함께한 수업이었는데, 나중에 아이들이 정말 즐거워했다고 한다. 힘들기도 했지만 늦은 가을의 운동장 수업은 같이한 선생님들과 4, 6학년에게 커다란 추억이 되었을 것이다.

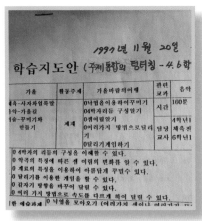

죽음들, 걱정하지 마시고 다녀오세요

살면서 같은 학년을 하고 같은 건물을 쓰고, 같은 학교에 근무하면서 아이들을 잃거나 동료 교직원을 잃는 경우는 참 드물 것 같지만 꽤 있다.

한 학교에서 여러 명의 아이를 잃은 경우도 있다. 자전거 사고, 음주운전 사고, 교통사고로 4명을 잃기도 했다. 특수 학생이 다니는 방과 후 차량에 하교하면서 후진하는 그 차에 치여 사망하는 일도 있었다. 연탄가스로 떠나기도 하고, 불장난에 병설 유치원 아이 3명이 사망하기도 했다. 지금 생각해도 가슴이 아프다. 아이들의 사건 경위서를 교육청에 보내고 아이들의 사망진단서를 받고 학부모와 오열하던 생각을 하니 눈물이 난다. 그 아이들이 다 생각난다. 모두 귀한 아이들인데.

나의 결혼식에 와서 귀걸이를 골라 주던 같은 학년을 하던 이 선생은 유방암으로 어린아이와 남편을 두고 서른 살 초반에 갔다. 그녀가 잠든 공원묘지는 태풍 때 묘지들이 쓸려 가 찾지 못했다고 해서 정말 많이 울었다. 6학년을 하던 처녀인 지 선생은 소화가 잘되지 않는다고 고향인 대전 대학 병원에 가서 약을 타 오곤 했는데, 이웃 학교로 전근 간 3월에 이십 대 후반의 삶을 정리했다. 그녀는 췌장암이었다. 돈이 없어 월남전에 참전했다가 고엽제 후유증으로 돌아가신 원주 이 선생님, 모두가 그립다.

박 선생님은 보건 교사였는데, 강릉에서 도계까지 기차를 타고 출퇴근을 했다. 동해에서 출퇴근하는 나는 도계역에서 기차 타고 오는 선생님을 태워 학교로 출근했고, 퇴근할 때는 도계역에 내려 드렸다. 그 시절 연구학교의 연구부장과 춘천으로 대학원 마지막 학기

논문심사까지 있어서 많이 힘들 때였다. 늘 내가 동동거리면 걱정하지 마시고 다녀오세요. 하며 안심을 시켜 주시곤 했다.

출장을 가거나 내가 없을 때면 우리 반 아이들을 챙겨 주고 부진한 아이들도 봐주고 알뜰살뜰 아이들을 보살펴 주었다. 아침이면 보건실에는 아이들이 줄을 섰다. 아침 식사를 하지 못한 아이들에게 율무차와 초코파이도 하나씩 주고 이야기도 들어 주곤 했었다.

교감이 되어서 그 선생님을 다시 만났다. 여전히 강릉에서 출퇴근을 하는데, 차를 가지고 다니셨다. 삼척까지 기름값이 50만 원이 든다고 했었는데….

강원 메신저에 박 선생님 본인 부고가 떴다. 남편이 동해로 출장 간 사이 혼자 집 화장실에 쓰러져 있었다고 한다. 이제 겨우 50대인데 너무나 안타깝고 혼자 이승을 떠나느라 발걸음이 떨어지지 않았을 걸 생각하니, 이 글을 쓰는 지금도 눈물이 앞을 가린다.

박 선생님, 거기서 잘 지내세요. 슬퍼하지 마. 여기 가족들은 다들 잘 지낼 거예요. 그리고 당신과의 인연은 아주 소중히 간직할게요. 사랑합니다.

응원단장의 하루

동해에는 무릉제라는 축제가 있다. 초등과 중등은 학교 대표로 축구를 했는데, 그때만 해도 응원이 엄청났다. 강릉에서 오신 선생님께서 아이들을 계단에 앉게 하고 카드를 펼치는 카드 섹션을 했다. 우린 처음 보는 거라 정말 어렵고 힘들었다. 그해가 지나고 다음 해가 되었는데 나더러 그 업무를 하라고 했다. 정말 어려웠는데 할 수 없이 시작했다.

방안지에 도안을 그리고 전체적인 구성을 했다. 다른 선생님들은 두꺼운 종이에 색상지를 붙이고 카드를 만들었다. 또 노끈을 사서 수술로 응원 도구를 만들고 남직원들은 나무를 사다 잘라서 짝짝이를 만들었다.

음악을 잘하시는 선생님께서 응원곡을 편집해서 테이프를 만들어 주셨고, 학부모들께서 앰프를 대여해 와 운동장에 자리를 잡았다. 운동장 자리도 교육청에서 지정해 준 곳이었는데, 우리는 학교가 작아 모서리 쪽이었다.

아이들 데리고 오고 갈 때도 차가 없어서 걸어서 종합운동장까지 갔다. 총연습을 위해 한 번 가고 본대회 날 한 번 더 갔다. 지금 생각하면 그 먼 길을 어떻게 걸어 다녔는지 모르겠다.

목이 쉬도록 응원을 했는데, 우리 학교가 우승을 했다. 부둥켜안고 엉엉 울었던 생각이 난다. 그때 우리 반 4학년 2명이 골을 넣어서 우승을 했다. 극성스러웠던 무릉제 축구와 응원, 이제는 축구 경기도 응원단의 카드 섹션도 다 추억 속으로 들어가 자리를 잡았다. 그렇게 축구를 잘하던 한 아이는 검도를 계속한다고 했고, 다른 아이는 미용실에서 만났었는데, 군대를 간다고 했다. 지금은 제대도 하고 어떤 길을 잘 가고 있겠지.

지금은 그 학교가 동해의 중심 학교가 되어 동해 초등 교육을 이끌고 있다.

부부의 영정 사진

6학년 할 때 주임 선생님의 이야기이다. 엄마와 같은 39년생이셨는데, 아들만 둘이라 날 딸처럼 예뻐하셨다. 그해 6학년은 참 파란만장했다.

수학 경시 문제로 직원 협의에서 언성이 높아지고 결국 6학년은 미움을 받아 자리를 뒷문 쪽으로 쫓겨났다. 자리를 바꾸고 있는데, 학부모들이 들이닥쳤고, 우리 학교 6학년들이 자전거를 훔쳐서 락카(래커, Lacquer)로 색을 바꾸어 타다가 걸렸다고 한다. 조금 후 경찰이 들이닥치고 그날 6학년은 쑥대밭이 되었다. 교장 선생님께서 6학년 전 선생님들을 교장실로 불러 아이들 교육을 어떻게 시키고 있느냐고 소리를 지르자, 주임 선생님은 아이들이 그럴 수도 있지, 자식 안 키워 봤느냐고 오히려 더 큰 소리로 이야기를 했다. 교장 선생님은 6학년 모두 시말서를 쓰라고 했다. 그러자 우리 반 아이들이니까 나만 쓰면 되지 다른 선생님들은 왜 쓰냐고 반기를 들었다.

멋진 주임 선생님 덕에 일 년을 잘 보냈지만, 주임 선생님은 미운털이 박혀 고생스러운 일 년을 보내셨다.

주임 선생님은 주임 수당 1,000원(지금의 1만 원 정도. 현재는 13만 원의 수당을 지급한다.)을 받으셨는데, 그걸로 교실이나 개인에게 필요한 장도리도 사 주고, 접시도 사 주고, 매달 선물을 사 주셨다. 그러면서 나중에 주임이 되면 선생님들께 베풀라고 하셨다.

그런 선생님은 장학사였던 남편과 한 번에 명퇴를 하셨다. 그리고 결혼도 하지 않은 두 아들을 두고 같이 돌아가셨다. 속초 설악산 구경을 하시고 식사 후 오시다가 졸음운전인지 옹벽을 들이받았단다. 내외가 퇴직금 모두를 연금으로 받으셨는데, 아이들이 20세가 넘어 아무것도 받을 수 없게 되었다는 이야기를 들으며 더더욱 가슴이 아팠다.

장례식장에 걸려 있던 내외의 영정 사진, 지금도 너무나 가슴이 아프다.

운동장에서 시험 보는 6학년

6학년이 3학급이었다. 담임선생님들이 한 분은 원주여고, 한 분은 강릉고, 한 분은 삼척고 출신이셨는데, 자존심들이 아주 강하셨다. 매월 월말고사를 보던 때라 학급의 성적이 나오면 그걸 서로 믿지 못하겠다고 의심을 하더니 기어코 일을 저지르셨다. 6학년은 운동장에서 시험을 본다는 것이다.

3층에 있는 책상들을 운동장으로 옮기고 책상들을 넓게 놓은 다음 평가를 실시했다. 내 기억으로는 원주여고 1등, 삼척고 2등, 강릉고 3등을 했다. 선생님들은 그날 3등 선생님이 사 주신 저녁을 아주 맛있게 먹었다.

그리고 다음 달 한 번 더 했는데, 순위는 바뀌지 않았고, 3등 선생님은 저녁을 한 번 더 사시고 일은 마무리되었다.

그때 우리 큰딸도 1등 한 선생님 반이었는데, 참 열심히 공부했던 것 같다.

학급의 아이들은 학급의 기자재 사용법도 모두 알게 했고, 그 옛날 쓰지 않는 컴퓨터를 가져 와 아이들에게 타자 연습을 하게 했다.

지금도 그 반 아이들과 연락을 주고받는데, 대성한 아이들이 많다. 대구에서 연 매출 2억 이상의 청과물 상회를 하는 아이도 있고, 연구원 등 전문적인 일을 하는 아이들도 있다고 한다.

30대 후반의 아이들, 그리고 60대 후반의 담임선생님들…. 모두 모두 건강하고 행복하셨으면 좋겠다.

야간 공부방 이야기

학교가 끝나고 교사들이 퇴근하면 아이들이 모인다. 집에 갔다 오는 아이도 있고 운동장에서 놀다 들어오는 아이들도 있다. 여섯 시부터 아홉 시까지 국어와 수학 무학년제이다. 4학년 이상 학원에 가지 못하는 아이들 각 15명씩, 30명을 데리고 2년을 했다. 수학은 명퇴한 선생님께 부탁했고, 국어는 내가 지도했다. 시험 문제를 해석하는 방법에서 명박 타령, 문단 나누기, 중심 문장 찾기, 이야기 이어 동화 쓰기, 국어사전 찾기, 신문 읽기 등 참 다양한 것부터 컴퓨터로 자료 찾기, 끝말 이어가기는 모두가 다르게 만들어졌고 너무 재미있어했다.

수학 선생님은 원리 찾아 삼만 리로 하나하나 진도를 다르게 해서 개별 지도를 하셨다. 그 가르침은 나중에 나의 수학 시간도 바꾸게 하는 계기가 되었다.

수업이 다 끝나는 아홉 시에 아이들 가정까지 차로 데려다주고 퇴근했다.

우수 사례 발표하는 날 미쳤다고 말씀하시던 선생님들, 지금 생각하니 딱 맞다.

그런 미친 짓도 했었다. 그 야간 공부방 문을 닫을 때 고맙다고 한 할머니가 가져오신 강낭콩은 아직도 따뜻한 밥 속에서 탱탱하게 터지고 있다.

나중에 영어 기초로 다른 학습 방을 만들어 대학생 멘토링으로 이어 나갔던 것도 기억에 남는다. 이마트(E-Mart)도 읽지 못했던 아이가 나중에 영어교육과에 갔다는 이야기를 들으며, 행복하게 공부하는 게 무엇일까 다시 한번 생각해 본다.

10년 전의 약속

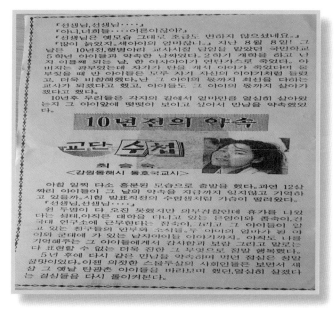

어느 신문에 실린 글이다. 아이들과 10년 후 만나자고 했던 약속을

지키면서 그때의 상황을 글로 써서 투고했었다. 짐을 정리하다 보니 신문 기사가 있어서 여기에 옮긴다.

운동장의 고전 무용

제2의 인생으로 퇴직 후 내가 사는 마을을 위해 봉사하기로 마음먹고 마을 자치 위원으로 등록 후 첫 회의를 가졌다.

처음이라 어색해서 가만히 앉아 있는데, 어느 여자분이 오셔서 아는 체를 한다. 어느 학교에 계시지 않았었느냐고 해서 그렇다고 했더니, 선생님의 4년 동안 운동회 고전 무용은 정말 멋졌었다고 한다. 지금처럼 TV나 동영상으로 예술을 가까이할 수 없었던 시절에 나의 노력은 많은 이들이 한 편의 작품을 본 듯했나 보다.

어쩌다가 신규 교사일 때 맡아 본 고전 무용은, 내가 중견 교사가 될 때까지 따라다녔다. 각종 연수도 다녀오고, 녹음테이프로 음악을 이어 붙이고, 자르고 해서 시간 안에 딱 맞게 만들었다.

강강술래, 부채춤, 화관무, 지경 놀이, 소고춤 등 다양하게 했다. 말이 쉽지 도안을 짜고 그림을 그리고 설명을 써서 담임선생님들께 설명하고 나면, 담임선생님들은 다시 그 반 아이들에게 설명하고 교실에서 자리를 배치해 보고 나서 다시 운동장에서 도안대로 자리를 맞추었다. 동작을 익히고 거의 완성되면 음악을 투입하는데, 서양 음악의 박자와 다른 박자로 되어 있어서 아이들이 힘들어했다.

200명 이상의 대(大)단체 무용이라 운동장에 원을 그려 놓고 아이들을 대형에 맞추다 보면 시간이 부족해서 토요일 오후와 일요일도 학교에 와서 연습을 했었다. 지금이면 아마 학부모님들의 민원과 항의, 아동학대와 학교폭력으로 고생했을 만한 일들을 아무렇지도 않게 시행했다. 부끄러운 일이다.

특히 부채춤은 그때 모든 학교가 분홍색 부채로 춤을 추었는데, 난 초록색 부채를 어렵게 구해서 추었던 생각이 난다. 그러면서 도안에도 아이들 생각을 넣어서 바꾸어 주기도 했었던 때였다.

인연의 끝은 어디일까?

아이의 엄마가 상담을 오셨다. 남편이 작년 교통사고로 돌아가시고 혼자 아이를 키운다고 하셨다. 그런데 아이는 아주 야무지고 똘똘했다.

은행에서 하는 어린이 백일장이 있어서 그 이야기를 잘 쓰면 될 것 같아 어머니께 연락을 드리고 글을 써 오면 제가 좀 봐줘서 보내자고 했다. 그렇게 보낸 글이 당선되었고, 상금이 80만 원인데, 성인이 될 때 찾을 수 있다고 한다. 덕분에 그 엄마는 아버지의 보상금을 그 은행에 넣고 고객이 된 일이 있었다.

아이가 헤어질 때 십자수로 차량 번호를 넣은 장식품을 만들어 주어서 그걸 달고 다녔다.

어느 날 남편이 내 차를 가지고 출근했는데, 한 여자아이가 뛰어와서 이 차가 학생부장님 차냐고 묻더란다. 아니, 집사람 차인데 오늘 수학여행을 가서 내가 가져왔다고 하니까, 혹시 누구 아니냐고 하더란다. 맞아.

그 아이는 맨날 지각으로 맨날 혼나도 아무렇지도 않게 생활하는 아이였단다. 엄마는 재혼을 했다고 한다.

내가 담임했던 아이를 남편이 고등학교에서 다시 만나고, 도계 정구부 아이들이 동해로 와서 그 고등학교에 정구부로 활동하는 일도 있었다.

인연, 그 끝은 없나 보다.

우리 반 여자 아이

우리 딸과 같은 이름을 가진 아이가 있다.

그 아이는 키도 크고 아주 예쁘게 생겼는데, 공부도 너무 잘하고 인성도 좋은 아이였다. 특히 우리 반에 눈이 아주 나쁜 아이가 있었는데, 그 아이를 늘 잘 챙겨 주었다. 어느 날 그 아이가 좋으냐고 물으니 눈이 나빠 다칠까 봐 늘 걱정이 되어서 돌봐 준다고 했다. 어른 같은 생각으로 친구를 대하는 늘 듬직한 아이였다. 고모가 키우는 아이였는데, 그 고모는 늘 그 아이를 고마워하고 감사해했다. 다른 친구들이 짝을 하지 않을 때도 자기 짝으로 해서 돌봐 주곤 했다.

또 한 아이도 듬직하고 야무진 아이가 있었는데, 우리랑 같은 아파트에 살았다. 놀이터에서 매일 우리 딸을 돌보아 주곤 했다.

우리 반의 두 아이는 누가 봐도 탐을 낼 만큼 대단한 아이들이었다. 글도 잘 쓰고 공부도 잘하고 늘 웃음과 행복이 넘치는 아이들이었다.

모두 다 잘 커서 한 아이는 영어로 끝을 보았다. 외교부에 근무하고 있었는데, 지금도 그런지 모르겠다. 또 한 아이는 아이들을 좋아하더니 중등 교사가 되었다고 한다.

아이들은 환경이 그렇게 만든다고 생각도 하지만 기본 심성이나 기질은 변하지 않는 것 같다. 그 아이들도 그립다.

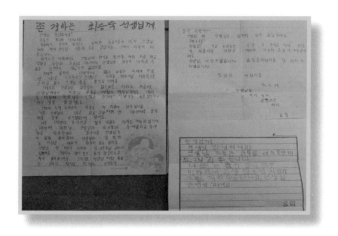

교장 선생님의 음악 수업

전담 교사가 없을 때 교사들끼리 예체능을 나누어 수업했다. 7개 반이라 1~4반, 5~7반 이렇게 나누어 난 앞반의 음악을 맡게 되었다. 피아노도 잘 치지 못하는데, 선배들의 뽑기 후 선택된 음악 전담 수업이었다.

그런데 독감이 너무 심하게 걸려서 목소리가 전혀 나오지 않았다.

그건 거의 한 달 동안 계속되었다. 결국 음악 수업 때문에 걱정이 많은 나는 음악을 잘하시는 교장 선생님을 찾아가 자초지종을 이야기했다.

목소리가 나올 때까지 음악 수업을 해 주는 대신 나더러 그 수업을 보고 수업 방법을 익히라고 하셨다.

다음 날 교장 선생님의 수업에 아이들은 긴장했다. 하지만「My Way」를 피아노로 치자 아이들의 환호성이 울려 퍼지고 한 달 동안 수업을 알차게 해 주셨다. 기억에 남는 것은「초록바다」였는데, 2부 합창곡을 완벽히 소화해 내시는 걸 보면서 참 멋진 교장 선생님이라고 생각했다. 너무 정갈하고 정리 정돈을 잘하셨는데, 좀 까칠해서 힘들긴 했지만 나에게는 너무나 감사한 분이셨다. 아이들이 졸업식 때 교장 선생님의「My Way」피아노 연주를 다시 듣고 싶다고 해서 공연이 전개되었다. 그러고 보니 졸업식이 새로웠다는 걸 이제 알게 되었네. 참 웃긴 일이다.

십여 년 전 강릉 어느 종합병원에서 교장 선생님을 만났다. 그 정갈함은 어디로 가고 그냥 동네 할아버지셨다. 아내가 치매에 걸려 정기적으로 병원에 다니신다고 하셨다. 그리고 차 한 잔도 못 하고 헤어졌다. 지금은 좀 나아지셨는지 모르겠다.

시말서, 어떻게 써요?

아이들을 데리고 현장 학습으로 영월에 갔었다. 장릉 등을 돌아보는데, 옛날 시말서 생각이 나서 혼자 웃었다. 아이들을 장릉 언덕에서 아래로 굴려 보내기를 하면서 영월이 무척이나 따뜻하게 느껴졌었다.

연애 시절이다. 주말에 영월로 지금의 남편이랑 여행을 갔다.

즐겁게 구경을 하고 즐기다 보니 새벽 기차를 놓쳤다. 다음 기차를 타고 학교에 도착하니 10시가 넘었다. 전화기도 없던 시절이라 미리 연락도 못 하고 출근했다. 교장 선생님은 춘여고 내 짝꿍의 아버지셨다. 난 교장실에 무릎 꿇고 두 손을 들고 벌을 받았다. 우리 반은 교감 선생님께서 수업을 하셨다. 이 교감 선생님은 춘천교대 부속 초등학교에서 교생 실습할 때 6학년 담임 선생님이셨다.

그날 오후 수업을 하고 교무실에 갔다. 시말서를 쓰기 위해서였다.

"교감 선생님, 시말서를 어떻게 쓰는지 알려 주세요."

"에고~~ 나도 한 번도 써 본 적이 없어서...."

결국 교감 선생님은 두꺼운 책을 꺼내서 무언가 찾았고, 교감 선생님이 써 주신 대로 써서 교장 선생님께 제출했다.

그 긴 시간 동안 시말서를 쓴 건 그게 처음이자 마지막이었다. 그리고 다른 교사들이 쓰는 시말서도 본 적이 없다. 시말서가 도대체 뭘까?

잔디밭의 잡초 뽑기

내가 근무한 학교 중 세 학교가 천연 잔디 운동장이 있었다. 처음 학교는 교무를 하고 있었는데, 교장 선생님은 매일같이 새벽부터 오셔서 잡초를 뽑으셨다. 하루는 내가 먼저 와서 잡초를 뽑으려고 하니 벌써 와서 뽑고 계셨다.

두 번째 근무한 학교에서 새로 잔디를 깔았다. 새로 깔고 나니 잔디와 잡초가 반반이었다. 매일 아침 회의를 하고 결재를 하고 나면 운동장에서 풀을 뽑았다. 이 잔디는 어디 연못가에서 키웠는지 물가에 자라는 풀들이 아주 잘 자랐다. 참 열심히 일 년을 뽑고 내려왔다. 특히 잡초 제거용 갈고리 모양의 호미는 아주 적당하고 재미있게 풀을 뽑을 수 있었다.

지금 학교는 세 번째인데 여기는 오래된 잔디밭이다. 다행히도 토끼풀도 없고 민들레가 많다. 민들레를 캐기도 하고 꽃을 따기도 하고 잡초도 열심히 뽑았다. 여기서는 시니어 클럽에서 오시는 노인 일자리 할머니들께도 잡초 제거용 갈고리 모양의 호미를 사 드렸더니, 너무나 좋아하셨다.

그분들이 오시는 날은 커피와 약간의 간식을 드리고 함께 잡초를 제거했다. 이제 잡초 뽑기도 끝났다.

잡초가 드문 운동장에서 아이들이 풋살을 하면 내 마음도 한결 가벼워졌다. 그리고 운동장에서 만난 황로와 여러 가지 할미새들은 귀한 손님이었다. 다양한 버섯들도 비 온 후 줄지어 나오고 풍경을 더 아름답게 만들곤 했다.

취타대 나가신다

새 학교로 가니 업무 분장에 취타대(부)라고 되어 있었다. 그런가 보다 했는데 한 선생님이 오셔서 업무가 괜찮으냐고 하셨다. 처음에 이상해서 자세히 물었더니 모두가 기피하는 업무라고 한다.

"선생님, 취타대(정)은 무엇이고, 취타대(부)는 뭐예요?"

"우리 학교는 동해시로부터 지원을 받아 운영하는 게 취타대인데, 매일 연습을 하고 동해시의 각종 행사에 동원되어야 해요."

"네?"

"수고하세요."

그 선생님은 말씀이 끝나자마자 도망치듯이 가 버리셨다. 그리고 일 년 동안 취타대(정) 선생님이 하는 걸 배우고 다음 해에는 내가 취타대(정)을 맡아서 해야 한다는 것이다.

정말 일 년 동안 열심히 배웠다. 국악의 이해, 대취타 알기, 악기의 구조와 쓰임새, 태평소 운지법, 나발과 나각의 연주법, 용고의 호흡법, 운라의 연주법을 익혔다. 용고마치를 배우고, '청청'을 연주하게 됐다.

대취타는 걸으면서 연주를 해야 해서 학교 운동장과 동해종합운동장 연습을 해야 하는데, 내 차는 아주 작은 소형차였다. 그래도 그 차에 악기를 실어 나르고 다른 선생님들의 도움도 받으면서 동해 무릉제 개막식과 망상해수욕장 개장, 캠핑 카라바닝 대회, 전국민속축제에 동원되었다. 망상으로 갈 때는 학부모와 남편의 차까지 동원하고 아이들을 실어 나르고 공연하는 엄청난 일을 아무렇지도 않게 했다.

MBC 방송의 '강원 365'에 소개되기도 했었는데, 지금도 취타대 모습이 TV에 나오면 그 악기들이 생각난다. 태평소, 나각, 나발, 용고, 장구, 운라, 자바라, 징 등과 의상과 신발 등 준비물이 태산 같았던 걸 여분까지 준비하던 시절이 그립기도 한 건 왜일까?

다시 하라면 고개를 절레절레 흔들 것이다. 그 나이 때 할 수 있었던 일이다.

휴직 교사 10명

신규 교감을 큰 학교에 보내면 참 힘들다. 업무도 그렇지만 다양한 선생님들의 복무에서 구멍이 나면 정말 난감하다. 지금은 기간제 교사를 교육청에서 해결해 주지만 그때는 교감이 다 알아서 해야 했다.

육아 휴직 5명, 병역 휴직 3명, 질병 휴직 2명의 기간제 교사를 채우는 일은 거의 007 작전을 방불케 했다. 말이 쉬워 열 명의 교사들이지, 지금은 한 명도 구하기 어렵다.

학년 초에는 교실 환경 정리해야 한다고 싫어하시고, 6학년은 아예 구할 수도 없다. 학기 말에는 나이스 생활기록부 정리해야 한다고 싫다 하신다.

"선생님, 잘 지내시지요?"

"어머, 웬일이세요? 교감하기는 어때요?"

"지금 어디세요?"

"일본 여행 중이야."

"저 좀 도와주세요. 기간제 교사가 필요해서.... 급해요."

이런 전화를 시작으로 해서 딸과 함께 백화점 쇼핑을 하다 불려 오기도 하고, 산속 농막에서 채소를 가꾸다 불려 오기도 했다. 그래도 다른 분들의 인맥으로 어찌어찌 이어졌고, 그 고행은 일 년으로 끝을 냈다.

신규 교감들을 큰 학교로 발령 내는 건 정말 악순환이다. 처음이라 어떻게 일을 처리하는지 배우는 시간보다 민원에 시달리고, 업무에 치이고 중간에서 이 일 저 일 해결하다 보면 하루가 간다. 특히 요즘은 학생들의 다툼(학교폭력)은 모두 변호사 대동으로 이어지고, 교사의 행동은 아동학대로 이어지고 그 해결은 모두 교감들의 일이 된다. '행복 더하기 학교'에서는 모두 교감이 공문을 하는 경우까지도 있다. 이런 어려움 속에 힘든 일들을 아무 소리 없이 해내는 중간에 낀 분들이 너무 고맙다. 그래도 교장으로 발령 나는 분들은 더더욱 대단한 분들이시다. 교감 선생님들 파이팅~!!!!

술과 함께하는 교감

1학기가 시작되고 얼마 되지 않았을 무렵 교감 선생님께서는 출근을 하지 않으셨다. 이유를 몰라 온 동네 연락을 해도 알 수가 없다. 그의 아내가 인근 학교에 근무를 하고 있고, 고등학교 동창이라 전화를 했다. 자기도 모른다고 했다. 소리를 버럭 지르니 술을 너무 많이 드신다고 했다. 그리고 더는 묻지 말란다.

이렇게 시작된 교감 선생님과의 일 년은 교무 업무자로 너무나 힘든 시간이었다. 여름 방학 때도 출근을 하지 않아 내가 그 몫의 출근을 했다. 어렵게 통화가 된 교감 선생님께,

"교감 선생님, 결재가 너무 많이 밀려 있는데, 결재 좀 해 주세요."

"싫다, 메롱 메롱~"

"아니, 교감 선생님~!!"

결국 다시 통화는 되지 않았다. 전화를 끊은 것이다. 난 교무실에서 대성통곡을 했다. 다른 부장 선생님과 교감 선생님의 책상을 뒤지는 일까지 해야만 했었다. 2월 퇴직을 앞둔 교장 선생님 사이에서 난 정말 힘들었고, 결국 그해 12월 1차 대수술을 했다. 스트레스로 죽을 것만 같았다.

결국 행정실장과 부장 교사들의 탄원서를 교육장님께 제출하고 다음 해에 다른 지역으로 발령 내는 것으로 합의를 보았다.

다음 해 오신 교감 선생님께서는 교무가 혼자 다 해 먹는다고 섭섭해했다. 그 교감 선생님은 다음 해 교장 선생님으로 발령이 났고, 일 년 반 후 퇴임을 하셨다.

술과 함께한 그 교감 선생님은 무사히 교장이 되셨고, 정년퇴임을 하셨다.

관사 뒷집 강아지

관사 뒤에는 포도밭이 있고, 그 옆에는 할아버지와 할머니가 사셨다. 그들은 흰둥이 개와 누렁이 암소를 키웠다.

워낙 동물을 좋아하는 유치원 다니던 아들은 자기 우유를 흰둥이에게 가져다 먹이기 시작했다. 그런데 흰둥이는 배가 불렀고, 세 마리의 강아지를 낳았다.

아들의 강아지 사랑은 점점 늘어났다. 학교 우유 박스 수거장에서 먹다 남은 우유랑 먹지 않은 우유를 모아 흰둥이와 강아지들에게 가져다주면서 시골 외할머니댁을 추억하고 있었나 보다.

"엄마, 엉엉~"

"왜? 무슨 일이야? 친구랑 싸웠어?"

"아니, 할머니가... 할머니가... 강아지들을 모두 분양 보냈대."

"아이구야...."

아들은 결국 그날 저녁도 먹지 않고 고열로 고생을 했다.

겨우 마음을 추스르고 이번에는 누렁이와 잘 지냈다. 누렁이는 큰 눈을 껌뻑이며, 아들을 아주 좋아했다. 풀도 뽑아다 주고 매일 등도 긁어 주었다. 그러나 그 행복도 오래가지 못했다. 할아버지가 갑자기 쓰러지시고 며칠 뒤 돌아가셨다. 할아버지가 계시지 않자 할머니는 제일 먼저 누렁이를 팔았다. 할머니는 누렁이를 키우실 수 없었기 때문이다. 아들은 매일 할머니 댁에 가서 흰둥이와 누렁이를 생각하며 며칠 동안 계속 울어댔다.

그해 12월, 우리는 전세를 주었던 동해 집으로 다시 이사를 하면서 아이들도 동해로 돌아왔다.

한 마리에 500원 하던 꽁치를 구워 먹던 일, 지금도 아들은 어떻게 꽁치가 500원이냐고 다시 묻는다. 우주 쇼 보느라고 밤새 마당에서 이불 덮고 덜덜 떨던 일(줄넘기 줄로 이불을 묶었었음), 광부 사택의 아이들과 온 동네를 누비며 놀던 일 등, 아이들에게 관사의 삶은 너무나 좋은 추억의 선물로 남았다.

야영 교실의 뒷이야기

운동장에서 야영 행사를 하고 교실에서 하룻밤을 자던 시절이다. 7개 반의 아이들 텐트를 운동장에 다 칠 수 없어서 교실의 반을 책상으로 막고 남녀를 나누어 잠을 재웠다. 아침 활동을 한 후 점심 때쯤 아이들을 하교시키는 1박 2일의 뒤뜰 야영이었는데, 아이들은 하룻밤을 어떻게 하면 사건들을 만들까 고민을 하고 6학년 선생님들은 어떻게 하면 아이들이 일탈을 못 하게 막을지에 대한 고민의 시간들이 다양하게 전개됐다.

드디어 야영의 날이 되었다. 야심 차게 준비한 3층 옥상에서 내려오는 캠프파이어는 아이들의 환호성으로 시작되고, 촛불로 효도하자는 프로그램은 아이들을 한바탕 훌쩍이게 했다.

교실에 들어와 모둠별로 준비한 간식을 꺼냈다. 여자아이들이 비닐장갑을 꺼내 끼고 시뻘겋게 양념 된 닭발을 집어 들면서 나에게 한 다리를 권한다.

"으악!!! 난 못 먹어."

"어머나, 그래도 하나 드셔 보세요. 엄청 맛있어요."

"아이고, 아닙니다."

"드셔 보세요."

덕분에 아이들의 놀림감이 되어 버렸다. 지금은 아주 즐겨하지는 않고 조금 먹는다.

　다음 날 아이들을 정리해서 다 보내고 마지막 교실 정리와 쓰레기들을 모으다, 맥콜(보리 음료수 이름) 갈색 플라스틱병을 정리하다 보니 냄새가 이상하다. 맥주 냄새가 난다. 결국 음료수 대신 맥주를 넣어 와서 먹은 것이다.

　월요일 아침부터 비상이 났고, 백지에 속이는 일들을 적으라고 했다. 국어 시간의 구개음 '굳이' 배울 때 한 아이의 '씨받이'도 찜찜했었는데, 그것도 사실대로 쓰라고 했다.

　맥주를 먹은 것도 사실이고, '씨받이'를 본 것도 맞고, 아버지가 먹다 남기신 소주와 맥주, 피우시던 담배도 피웠단다. 그런데 그 아이들은 학급에서 공부도 잘하고 전교 회장을 비롯한 아이들이었다. 잘나가는 집 아이들이 친구네 집을 돌면서 한 행동들이었다.

　결국 덮어 주기로 하고, 대신 학교에서는 모범생으로 지내기로 합의를 보았다. 6학년 7명의 선생님들 의견이었으며 한때의 호기심이라고 했다.

　우습다. 그때 그 일들을 주도한 전교 회장 출신의 아이는 경기도에서 초등학교 교사다. 지금은 부장 교사라고 하는데, 넌 어떻게 이런 일들을 해결하고 있니? '씨받이'를 자신 있게 이야기하던 아이는 어느 날 뉴스에 나왔다. 양양 어느 길가 불난 자동차 안에 있었다고. 그 일로 아이들의 소식을 들을 수 있었다. 너무 가슴이 아파 만나지 않았다. 지금도 동해프라자 건물을 보면 그 아이들이 생각난다.

우주 과학 박람회 구경 새울 나들이

겁도 없었다.

결재도 받지 않고 연휴에 기차로 아이들을 데리고 서울 현장
학습을 떠났다. 물론 아이들의 부모님과는 의견을 모았지만 친구가
도와준다고 해서 겁 없이 떠난 것이었다. 후배 선생님과 함께 아이들
열 명을 데리고 출발했다.

청량리에서 친구를 만나고 아이들을 데리고 바로 친구 언니네
집으로 갔다. 그때는 친구가 언니네 집에서 같이 살고 있을 때였다.
친구 언니의 집은 유명한 대치동 은마아파트였다. 잠은 그곳에서
자기로 했다. 아이들 저녁과 간식까지 먹고 아이들은 피곤한지 잠이
들었다.

언니는 나 보고 바로 옆집이 매물로 나왔는데, 2,200만 원에 판다고
한다. 내가 2,000만 원에 사 줄 테니 대출을 다 끌어모아 보라고 했다.
발령 난 지 3년째인데 그렇게 큰돈을 마련하라고 하니 겁부터 났다.
은행 대출을 알아보니 한 200만 원이 최대였다. 결국 난 서울 집
사기를 포기했는데, 언론에 나오는 모습을 보고 얼마나 경제관념이
없는 시골 선생인지 뼈저리게 느낀 은마아파트였다.

다음 날 친구를 따라 아이들을 데리고 지하철을 탔다. 도착해서
보니 한 아이가 없는 것이다. 지금처럼 휴대폰이 있는 것도 아닌데,
정말 눈앞이 깜깜했다. 결국 우리는 아이들을 데리고 전시회 입구에서
기다리기로 하고, 친구가 다시 지하철을 타고 출발 장소에 갔더니, 한
아이가 울고 있더란다. 촌놈이 이것저것 구경하다가 우리 일행을 놓친
것이다. 다행히도 그 아이를 찾아와서 우주과학 박람회는 너무나 잘
구경하였다.

내가 친구에게 준 선물은 화석이었다. 과학 선생을 하고 있어서 아주 좋아했다. 화석 한 조각으로 신세를 많이 진 시간이었다. 세월이 흘러 친구는 명퇴를 하고 가족들이 있는 미국에 가서 잘살고 있다. 그 친구 언니도 서울 강남에서 여전히 잘살고 있다.

같이 갔던 후배 선생님도 명퇴를 하고 잘 지낸다.

그때 잃어버렸던 아이는 지금 무얼 하고 있을까? 그 기억을 하고 있을까?

바다를 보러 간 백일장

강릉 명륜고에서 열리는 백일장에 참석하기 위해 아이들을 데리고 기차를 탔다. 손주가 걱정되는 할머니까지 모시고 기차 타고 버스 타고 무사히 도착해서 백일장에 참석했다. 오후에 결과를 발표한다고 해서 그들을 모두 데리고 경포 바다로 갔다. 처음 본 바다에서 아이들은 환호성 대신 말이 없었다. 너무나 놀라워하는 아이들을 데리고 신나게 놀았다. 가지고 간 수박도 먹고 짜장면도 먹고 놀았다. 그곳에서 시도 쓰고 산문도 쓰고 실컷 놀았다. 모래 그림도 그리고 모래에 막대를 세워 놓고 모래를 퍼내면서 막대를 쓰러뜨리지 않기도 하고, 두꺼비집도 만들었다. 용궁과 물길도 만들고 아이들의 모습을 보면서 내가 어릴 적 시골 냇가에서 놀던 모습도 떠올랐다.

나도 대학교 1학년 때 경포 바다를 처음 보았다. 아니, 바다를 처음 본 것이다. 그때의 그 놀라움을 아이들도 느끼고 있으리라.

아이들과 백일장 발표에서 대상과 다른 상들을 많이 타고 다시 기차에 올랐다. 그들을 문곡역에 내려놓고 부모님들께 보냈다. 아마도 그 일이 아이들 작품에 많은 도움이 되었을 거란 생각을 해 본다. 그때 큰 상을 받은 아이는 강릉 어느 대학 행정실에 근무하면서 바닷가에 살고 있다. 아이들은 기억할까?

나도 지금은 그렇게 좋아하는 생선과 회를 마음껏 먹으며 매일 일어나면 바다를 보고 살 줄은 꿈에도 몰랐었다. 바다와의 인연 시작이다.

귀가 찢어진 아이

6학년을 할 때이다. 아침 첫째 시간이 다 끝날 때쯤 아이가 등교했는데, 아이의 얼굴이 형편없다. 귀에는 스카치테이프가 붙어 있었는데, 피가 나와 있어서 놀라 물었더니, 넘어져서 그렇다고 했다. 자세히 보니 귀가 반 이상 찢어진 상황이었다. 이건 아무리 봐도 넘어져 생긴 상처가 아니었다.

보건 선생님께 데리고 가서 물었더니, 동생도 와 있었는데 동생은 온몸이 멍으로 도배를 한 상황이었다. 우리 반인 형은 넘어졌다고 교실로 간다고 후다닥 가 버렸다.

동생에게 물으니 술 취한 아버지가 수시로 때렸고, 어제는 더 심하게 때리고 형의 귀를 잡아당겨서 찢어졌다고 했다. 집에 반창고가 없어서 스카치테이프로 붙였다고 했다. 아침은 먹었느냐고 했더니, 안 먹었단다. 보건 선생님은 아동학대로 동해에 있는 동부 아동센터에 신고를 하시고 아이에게 따뜻한 차와 초코파이를 주었다. 허겁지겁 먹는 모습을 보고, 난 교실로 왔다.

한 시간 후 그곳 선생님들이 오셔서 아이들과 면담을 하더니, 책가방을 싸 달라고 하셨다. 그리고 두 아이는 동해로 갔다가 어디론가 보내진다고 했다. 어디인지는 알려 주지 않으며, 잘 해결된 후 연락을 주시겠다고 했다.

아버지는 학교에 와서 소란을 피웠지만 아이들은 없으니, 더 이상 어떻게 할 수 없으신지 포기하셨다. 다른 아이들 말로는 여전히 술을 많이 드신다고 했다.

몇 번의 전화가 오고, 아이들은 모두 안전한 곳으로 갔단다. 원주라는 말도 있고 춘천이라는 소문도 있었지만 그 형제의 이야기는 지금까지 모른다.

교무에 6학년 담임까지

"교무 선생님, 큰일 났어요!"

"왜?"

"우리 선생님이 다치셨어요. 빨리 체육관으로 오세요."

정신없이 체육관에 가니, 선생님은 바닥에 누워 계셨고 그 주위에 아이들과 다른 선생님들이 계셨다.

아이들 배드민턴 동아리 지도를 하다가 갑자기 툭 하는 소리가 들리고 다리가 흐느적거렸다고 한다. 보건 선생님은 아킬레스건이 끊어진 것 같다면서 남편을 부르고 아이들은 교실로 보내고 정리를 했다.

보건 선생님의 염려대로 아킬레스건이 끊어졌는데, 오랜 시간 치료를 해야 한다고 했다. 병가를 내고 공상 처리를 하고 기간제를 구했다.

기간제 선생님께서 부산분이신데, 명퇴하고 손주 봐주러 오신 분이셨다. 그런데 아이들이 부산 사투리를 흉내 내고 너무나 괴롭혀서 기간제를 못 하시겠다고 가 버리셨다.

여러 번의 회의 후 영어 전담 선생님께서 담임을 맡으셨다. 그러나 2학기에는 너무 힘들어서 못 하고 병가를 낸다고 하셨다. 결국 내가 맡기로 했다.

교무에 6학년 담임까지 한 2개월은 참 힘들었다. 그래도 개인별 상담도 하고 문제도 해결해 가면서 과거에 했던 수업 방법도 가져왔다.

그래도 시간은 갔다. 담임이 오고, 난 원래대로 미술 전담에 교무 업무만 했다. 6학년 선생님들은 아프지도 말아야 한다. 정말 힘든 두 달이었다.

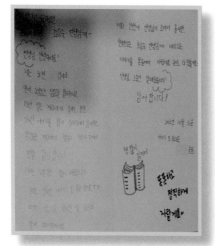
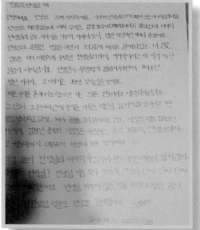

학교에서 한 환갑잔치

벌써 환갑이다. 경자년에 태어나 다시 경자년이 된 것이다. 4월의 어느 날 가족과 친구들만 간단히 불러서 옥계에 있는 탑스텐 호텔 스카이웨이에서 저녁 식사를 하기로 했다.

어떻게 알았는지 행정사님께서 친화회 회장과 교장 선생님께 이야기를 했고, 금요일 오후 간단하게 교직원 환갑잔치를 해 주셨다. 간단하게 현수막을 만들고 케이크와 와인도 준비하셨다.

친화회장님의 사회로 교장 선생님의 말씀과 교직원들이 주는 꽃다발, 그리고 나의 소감을 끝으로 마무리했다.

직장에서 해 주는 환갑잔치는 내게 참으로 오랫동안 감동을 주었고,

진한 향기로 남았다. 그리고 같이 근무한 선생님들의 모습을 하나하나 기억하고자 했다.

연구학교 연구부장을 젊은 선생님이 맡아서 해 주시고, 오케스트라단이 새로 창단되어 힘들었는데, 소리 없이 맡아서 해 주시고, 그 선생님은 아침에 아이 유치원 보내느라 출근이 좀 늦을 수도 있었는데, 흔쾌히 다른 선생님들이 돌아가면서 그 반의 아침을 챙겨 주는 고마운 교직원들이었다. 네 일 내 일이 없이 서고 도와 가며 움직였던 학교는 화단에 꽃을 심거나 체육관을 청소해도 전 직원이 나와 말없이 해결했다. 참 아름다운 학교였다.

가끔 교무실의 커피메이커에 찌꺼기가 쌓이면 커피를 포기하고 가시는 분들을 종종 본다. 그럴 때면 교무실의 주인인 교감과 행정사들이 해야만 한다. 참 아쉽다.

하와이 환갑 여행

2020년 1월 10박 11일의 환갑 여행을 계획했다.

여름방학 때부터 남편은 원어민과 영어 공부를 시작하고 나는 '오! 마이 하와이' 등 하와이 여행에 대한 자료 수집을 시작했다.

둘째 딸이 하와이 여행을 다녀왔기에 함께 다섯 개의 큰 섬 중에서 어디를 갈 것인지 정하고 항공권, 숙박지 예약과 렌터카 2곳, 헬기 투어는 다 해 주었다.

아들은 네비게이션 치고 읽는 법, 주유하는 법, 주차하는 법, 전화 거는 법 등을 알려 주었다. 또 환전과 돈 관리도 꼼꼼하게 해 주었다.

인천-호놀룰루-빅아일랜드 코나-힐로-마우이 카훌루이-호놀룰루-인천 코스로 가기로 하고 인천 공항에 가서 주차 대행으로 차를 맡기고 일정을 꼼꼼히 체크한 다음 추진했다.

에피소드가 아주 많았다. 이억만 리 계산하기, 호놀룰루 짐 부치는 곳 0번 없어서 터미널2로 가서 코나 간다고 말하고 해결함, 세관 신고서 없음, 자율 입국 심사 가족 있는가에 yes, yes, yes 세 번 했더니 네 명 나와서 다시 함, 코나행 비행기에서 안전에 문제가 있다며 앞자리 예약의 동양인들의 표를 맨 뒤로 몰아 버림, 월마트에서 장 보고 오는데 남편이 운전을 잘 못 해서 버리고 오고 싶었음, 빗속에서 스프링클러 맞음, 맛있게 맛집에서 저녁 먹고 핸드폰 배터리 없어서 고생함(구글도 못 함, 보조 배터리 연결 잭 가져가지 않음, 네이버에 누군가 에어비앤비 집을 검색해 놓은 게 있어서 겨우 컴백, 에어비앤비 집 주방 전원 차단(전자레인지와 커피포트, 가열기 돌려서), 주방에는 초록색 도마뱀들이 식사하러 옴, 빨래방 25센트 대화가 안 되어서 고생함)

그래도 60이 넘은 부부가 자유 여행으로 다녀온 하와이는 너무나 많은 성취감과 자신감을 주는 기회가 되었다. 다시 도전할 수 있으리라.

– 하와이 환갑 여행 –

※ 일정: 2020. 1. 11(22:00)~2020. 1. 20(20:00)
※ 여행지: 빅 아일랜드 ~ 마우이
※ 항공: 하와이안 에어라인
※ 인천 ⇒ 호놀룰루 ⇒ 빅아일랜드 코나(3박) ⇒ 힐로(2박, ITO)
　⇒ 마우이 카훌루이(3박, OGG) ⇒ 호놀룰루 ⇒ 인천

① 출국장: 항공권(e티켓 영수증), 여권, 비자, 로밍, 환전.
※ 항공권 2장 발권(호놀룰루용 1장, 코나용 1장)

② 호놀룰루: 도착 후 입국 심사 ⇒ 짐 찾기 ⇒ 바로 앞 터미널 0번 카운터로 가서 짐을 화물로 코나로 부치기(짐=luggage, 러기지) ⇒ 터미널 1번으로 이동 후 코나 항공권 제시하고, 미국내선 코나행 탑승

※ 시간이 넉넉하지 않으므로(약 3시간) 부지런히 다녀야 함
※ 입국 심사:
며칠? - 나인 데이스(9일)
숙소? - 힐튼 호텔 at the 힐로(힐로에 있는 힐튼 호텔)
목적? - 하와이 트립(하와이 여행)

※ 혹시 문제가 발생하면 - 김 서방이 써 준 ②번 보증서를 제시하면 됨

③ 코나에서의 렌터카 : 공항에서 나와서 빨간색 달러(dollar)라고 표시되어 있는 곳에서 기다리다가 달러(dollar) 차가 오면 타면 됨 (픽업 시간 : 14:30)
　⇒ 도착 후 ③번 영수증 + 국내면허증 + 국제면허증을 제시하고 차를 인도(영업시간: 오전 5:15~오후 10:30)

④ 숙소: 영수증에 있는 주소 '구글: 77-176 Kekai PI, Kailua-Kona'를 네비게이션에 치고 숙소를 찾아가기.
※ 체크인: 16:00~17:00
※ 집주인: 애냐, 862-221-4467 / 쉬리쉬, 808-319-8379

숙소를 확인한 후 ⇒ 장 보기
※ 월마트: 오리발, 물, 사파리 모자, 과도, 음식, 간식, 텀블러

※혹시 잘 안되면 빛나가 보내 준 카톡에 찾아가는 방법이 자세히 나와 있음.

※※※ 다음 날 (일정표 번호는 없음)

⇒ 북부 드라이브
(점심식사를 준비하고, 목적지를 '하푸나 비치 공원'으로 하여 북부 지역 드라이브
⇒ 다시 목적지를 '와이피오 계곡 전망대'로 하여 와이피오 계곡까지 보고 저녁 식사를
준비하여 숙소로 이동)

⑤ 헬기 투어 : 11시 30분
⇒ 멀미약을 미리 먹고(차 출발할 때), 헬기용 점심과 천문대용 저녁을 미리
준비(레스토랑 추천 파일 참고)
⇒ 가벼운 재킷 및 천문대용 두꺼운 옷을 미리 준비하고, 여권을 지참
⇒ 영수증에 있는 주소: Waikoloa Heliport, Kamuela, HI 96743으로 네비를 쳐서
11시경에는 도착해서 주차하고 입장할 것
⇒ 영수증과 여권을 제시하고 헬기 투어
⇒ 헬기 투어 후 마우케니아 천문대로 이동(Onizuka Center for international)
⇒ 주차 후 ①저녁 식사 후 추우니까 두꺼운 옷을 입고 비아그라를 각각 반쪽씩 먹고 차로
②마우나케아에 올라가서(마우나케아 천문대) 30~40분 일몰을 보고, 다시 내려와서 ③별
보기(지도의 점선 삼각형)
⇒ 내려와서 숙소로 이동(큰 도로까지 이동 시 운전 주의: 추월, 과속 절대 금지)

⑥ 체크아웃 : 체크아웃하고 'Choice Mart'에서 점심 도시락을 산 후, 'The coffee
shack'에서 아침 먹고(빛나가 보내준 식당 추천 파일 참고)
⇒ 호나우나우(투스텝) 스노클링
네비: Two Step, Captain Cook, HI 96704, United States 또는 State Hwy 160,
Honaunau, HI 96726 United States)과 ⇒ 사우스 클리프 다이빙 포인트(South Point
Heiau)까지 가서 이정표 보고 계속 갈 것 – 길은 하나밖에 없음) 등에서 놀다가,

⑦ 킬라우에아 비지터 센터 그리고 화산 지대(하와이 화산국립공원)로 가서 용암 화산을
감상하고(지도 점선 참조) ⇒ ⑦번 킬라우에아 비지터 센터 감상 후 ⑧번 힐튼 호텔로 출발

⑧ 힐로 힐튼 호텔 체크인: Hilton Hillo(그랜드 나닐로아 호텔)
⇒ 영수증에 나와 있는 주소(93 Banyan Drive, +1 808-969-3333)를 쳐서 도착 후
영수증을 제시하고 체크인한 다음 방 키를 받음(체크인 시간 – 23:59까지)
⇒ 혹시 디파짓(보증금)을 요구할 수도 있음 ⇒ 엄마 카드

⇒ 다음 날은 칼 스미스 비치 공원(스노클링) + 아카카폭포 주립공원 등을 감상하면서
여유로운 하루, 그리고 ⑨번 준비

⑨ 내일은 힐튼 호텔 체크아웃 후 힐로 국제공항(항공 예약증에는 ITO라고 되어

있음)으로 이동 ⇒ 마우이로 이동해야 하므로 짐 싸고 마우이 이동 준비(내일은 바쁜 오전)

⑩ 힐로 국제공항 비행기가 8시 48분이므로 렌터카를 반납 후 늦어도 7시까지는 힐로 공항에 도착(숙소와의 거리는 가까움)
※ 체크아웃을 하고(디파짓을 했으면, 돌려받을 계산을 확인해야 함)
※ 렌터카 반납 전 반드시 주유 풀 확인 ⇒ 렌트할 때 받은 서류를 제출하면서 반납
※ 힐로 공항 맞은편에 차를 세우고 사무실에 가서 반납(자세한 방법은 파일 참고)
※ 렌트 지역과 반납 지역이 다르므로 약 75불 정도의 추가금이 발생할 것 예상)
※ 영업시간: 오전 6시~오후 9시
⇒ 공항에 도착하여 e티켓 영수증 ⑩번 영수증을 제시하면서 티켓팅을 하고 짐을 부치고 탑승
⇒ 카훌루이 공항(항공 예약증에는 OGG라고 되어 있음) 도착

⑪ 마우이에서의 렌터카: 블로그 출력물 마우이 딜러 렌터카의 ⑪번 뒤 페이지를 참조하여 렌트 회사를 찾은 후에 ③번 밑줄과 같은 요령으로 렌트를 해서 ⇒ ⑫를 찾아갈 것(픽업시간: 10:00)
※ 영업시간 : 오전 5시~오후 10시 30분

⑫ 애스톤 호텔 체크인: 카아나팔리의 웨일러에 있는 Aston 호텔(2481 Kaanapali Pkwy, Lahaina, HI 96761)
전화: (808)661-6000
⇒ 도착하여 영수증과 여권을 제시하고 체크인(체크인 3시 이후, 체크아웃 11시 이전)

※※※ 다음 날 : 호텔과 호텔 앞 비치에서 물놀이 즐기기

⑬ 몰로키니 스노클링 : 멀미약을 미리 먹고 7시 30분까지 도착
⇒ 네비로 영수증에 있는 픽업 주소(11 Maalaea Boat Harbor Road) 항구에 도착하여 주차비를 내고 주차 후, TRILOGYⅡ의 선착장 Slip#62를 찾아갈 것
가능하면 TRILOGYⅡ의 선착장 Slip#62 선착장을 찾아가는 것을 추천 (빛나가 보내준 파일 참고)
⇒ ⑬번 영수증을 제시하고 배에 탈 것 ⇒ 끝나고 숙소로 이동

⑭ 저녁 식사 후 내일 출국을 위한 짐 정리

⑮ 탑승(카훌루이 공항) 렌터카 반납 후 10시 20분 비행기인데, 국제선을 타야 하니까 늦어도 7시까지는 공항에 도착해야 됨
(숙소에서 공항까지의 거리가 먼 관계로 새벽에 움직여야 함. 공항과 렌터카 반납은 가까움)
※ 렌터카 반납: 우선 기름을 풀 주유하고, 공항에서 Car lental return 표지를

따라가다가 dollar 렌터카를 찾아서 반납(Dollar Rent a Car, 946 E Mokuea PI, Kahului, HI 96732, United States)

　※ 영업시간 : 오전 5시~오후 10시 30분

　⇒ 렌트할 때 받은 서류를 제출하면서 반납

　⇒ 하와이안 에어라인을 찾아서 e티켓 영수증 ⑮+⑯을 제시하고 항공권 2장 발권(호놀룰루용 1장, 인천용 1장), 티켓팅 후 짐 부치기

　⇒ 짐 부칠 때 인천까지 간다고 하고 짐을 부탁할 것(혹시 안 되면 호놀룰루에서 짐을 찾아서 다시 부치고 출발하므로 유의해서 확인 할 것)

　⑯ 카훌루이 공항에서 인천까지 짐을 못 부친 경우 호놀룰루에서 짐을 찾아서 다시 인천으로 보내야 하는 경우도 생길 수 있고, 호놀룰루 공항 도착 11시이고, 인천으로 출발이 1시 5분이므로 시간이 2시간 정도밖에 없으므로 가급적 부지런히 움직여야 함.

　※ 숙지해야 할 사항

　1. 네비게이션 쓰고 읽는 법(구글 맵 포함)

　구글 ⇒ 좌측 상단에 ☰ ⇒ 내 장소 ⇒ 저장됨 ⇒ 하와이

　2. 주유하는 법

　3. 주차하는 법(기계로 주차비 지불하는 방법)

　4. 전화 거는 법: 미국 국가번호 1, 하와이 지역번호 808

　　　경찰 : 1911

　　　가자하와이 본사 : 808-924-0123

　　　렌터카 : 빅아일랜드 808-329-3162

　　　　　　 마우이 808-877-2732

　　　영사관 : 도착 후 문자 확인

수학여행 함께 가기

　도시의 큰 학교에서 7개 반이 수학여행을 계획하고 다녔는데, 여기에 오니 6학년이 33명이다. 한 차로 가면 가는 곳곳에서 존재감이 없는 것 같아, 지역의 소규모 학교들이 수학여행을 함께 운영하면서 운영비도 절감하고 이웃 학교 친구들과의 유대감도 만드는 기회를 갖게 하고자 연합을 만들었다. 혼자 내비게이션도 없던 시절에 차를

가지고 민속촌 등을 사전 답사하고 왔다. 흥전초 5~6학년 66명, 도계초 6학년 69명, 삼척중앙초 5~6학년 13명, 신동초 5~6학년 4명이다. 152명을 데리고 떠난 1박 2일의 서울 나들이다. 용인 민속촌과 서울 국립중앙박물관, 코엑스 아쿠아리움 등을 다녀왔다. 행정실장이 동행해서 경비 쓰는 일은 수월했고 보건 교사도 함께해서 아이들의 건강을 돌보아 주었다.

 잘 다녀와서 정리해 보니, 좋았던 점은 작은 학교들이 엄두도 못 내던 수학여행을 함께 할 수 있었고, 경비도 많이 줄일 수 있었으며 학생들이 함께하는 장기자랑이라든가 관람 등에서 소외되지 않았다. 다른 학교의 친구나 언니, 동생들이 많이 생겼다. 부족했던 점은 처음이라 부족함이 많았고, 경비를 임시 전도하여 한 사람이 출납원을 했으면 어땠을까 하는 생각이 들었다. 내 아이만 챙기는 것이 아니라 우리 아이들을 챙기는 생각으로 추진하면 더 좋을 것 같았다. 내년에도 하고 싶다고 했지만, 난 다음 해 2학년을 맡아 함께하는 수학여행은 일회성으로 끝이 났다.

 모이고 회의하고 5월 29일~5월 30일에 추진한 수학여행은 참 무모하기도 하고 우습기도 한 계획이었지만 새로운 시도임에는 분명하다. 내가 지금 생각해도 참 대단한 시도였다.

< 국립박물관 - 전시관 앞에서 >

< 관람하는 자세 - 바르게 >

< 민속촌에서 ····· >

< 놀이마당 - 농악공연의 모습 >

안대 차고 한 공개 수업

도계지구 4학년 국어과 공개 수업을 하게 되었다. 삼척의 4학년 선생님들이 모두 와서 참관하는 수업이었는데, 수업 준비로 엄청 바빠서 서두르다가 복도 벽 시멘트 못에 박게 되었다.

"으악!!"

"선생님, 왜 그러세요?"

"얼른 보건 선생님 모시고 와!"

"피가 엄청 많이 나요."

시멘트 못이 튀어나와 있어서 왼쪽 눈을 찔렀고 한순간 불이 번쩍 나고 뜨끈한 게 얼굴을 타고 흘렀다. 피가 얼굴을 타고 턱에서 뚝뚝 떨어졌다. 거즈와 수건으로 감았지만 계속 흘렀다.

인근 고등학교에 근무하던 남편이 와서 비상등을 켜고 동해에 있는 안과까지 달렸다. 그리고 바로 수술을 시작했는데, 수술 바늘이 왔다 갔다 하는 모습을 보니 무서워 죽을 것만 같았다. 검은 눈동자 2mm 바깥에 0.6cm가 찢어져 4바늘을 꿰맸고 다행히 실명은 되지 않는다고 했다.

이틀 후 안대를 하고 수업했다.

수업은 성공적이었고 아이들의 집중도 높았다. 특히 짧은 내용과 긴 내용을 바르게 전달하는 것이었는데, 오신 선생님들까지 함께해서 더더욱 알찬 수업이 되었다.

지금 같으면 공상 처리나 병가도 냈을 텐데, 그땐 왜 그런 생각도 못 했는지 모르겠다. 그날 오신 선생님 한 분은 글루건에 손바닥을 데어서 엄청 고생했다는 이야기를 들으면서 지금은 교직원들의 복지가 그래도 많이 좋아졌다는 생각이 든다.

우리는 갯벌 탐험대

교육부 공모 현장 체험 학습에 강원도에서 유일하게 당선되었다. 우리 학교는 동해안에 있어서 서해안에 있는 학교와 갯벌 체험을 하면 학생들에게 좋은 경험이 될 것 같아서 공모했다.

500만 원의 돈으로 두 학교가 교류하게 하는 프로그램인데, 마침 대부초등학교에서 같이 하자는 답을 얻어서 긴 장정의 계획을 수정해서 날짜를 정했다. 우리가 2박 3일 가고, 그 학교도 2박 3일 오는 프로그램이었다.

우리 학교는 4학년 두 반이 해당되어 계획을 짜고, 대부초등학교는 전교생이 체험하기로 계획을 했다.

우리가 먼저 서해안으로 갔다. 먼 길에 아이들이 힘들었을 텐데, 아이들은 하나도 힘들지 않은 표정이었다. 짐을 풀고 간편 복장으로 갯벌 체험을 시작했다. 선생님의 인솔에 따라 준비 운동도 하고, 처음 들어간 갯벌은 그야말로 전쟁터였다. 다리가 푹푹 빠져서 이 아이 꺼내면 저 아이가 빠지고, 저 아이 꺼내면 이 아이가 빠졌다. 그러면서 낄낄거리다가 온몸이 빠지고 갯벌은 아이들의 머리며 얼굴이며 온몸에 머드 팩을 하기 시작했다. 그러면서도 게도 잡고 조개도 잡고 굴도 캐면서 샌들이 찢어지고 발도 베이고 난리를 피우다가 물이 들어온다고 갯벌을 빠져나왔다.

아이들의 모습은 패잔병이 따로 없었다. 겨우 아이들을 데리고 와 샤워를 하라고 해도 남자아이들은 말도 듣지 않고 교실로 들어갔다.

아이들이 잡아 온 게와 조개는 삶고, 굴을 깨끗이 씻어 익혀 주셨다. 어떻게 시간을 보냈는지 한 시간 이후 아이들은 곯아떨어졌다. 여자아이들은 발을 깨끗이 씻고 연고를 바르고 잤다.

다음 날 놀라운 일이 일어났다. 깨끗이 씻고 잔 여자아이들의 발은 퉁퉁 부었고, 씻지도 않고 잔 남자아이들의 발은 깨끗했다. 자연이 치유해 주었나?

근처의 수원화성도 가고 여러 곳을 들러서 늦은 시간에 학교에 도착했다.

대부초등학교는 여름방학이 끝나는 시점에 왔다. 학교에서 캠프파이어도 하고, 옥수수와 감자도 삶아 주었다. 망상해수욕장에 갔는데, 그 맑은 동해바다의 물에 감동받은 아이들의 환호성, 잊을 수 없다. 단골 건어물집 오징어는 거의 다 팔아 주고 강릉으로 해서 고성 통일 전망대까지 간다고 했다. 그들은 우리 아이들보다 주머니가 두둑했다. 섬에 산다고 내가 잘못 생각했나 보다.

보고서를 쓰고 정리를 하면서 우리 학교의 교직원들, 대부초의 교직원들 모두 모두 고맙고 고마웠다. 그렇게 해서 공모사업은 끝이 났다.

교실 급식의 대란

학교 급식이 처음 시작되었을 때이다. 조리실은 있고 급식실은 준비되어 있지 않아서 급식을 큰 그릇에 담아 교실로 옮겨다 주면 교실에서 배식을 하게 되어 있는 시스템이었다. 1학년은 학부모의 도움이 있었는데, 2학년부터는 학급에서 알아서 담임 혼자 오롯이 책임을 져야 했다.

3월 첫날, 교실도 어설프고, 아이들 파악하랴, 동분서주하다가 급식을 먹이게 되었다. 국과 밥은 뜨거워 담임이 배식하고 나머지는 아이들이 나누어 주게 했다. 배식을 하고 있는데, 식판을 가져가다가 교실 바닥에 쏟으면 모든 건 일단정지가 되곤 한다. 아이들의 안전이 제일 중요해서 움직이지도 못하게 하고 교실 청소를 하고 다시 배식한다. 먹기 싫다고 뱉는 아이가 있는가 하면 우유를 먹기 싫다고 책상 안에 넣어 놔서 다 썩게 만드는 아이, 교실 골마루 사이에 음식이나 우유가 들어가면 그게 썩어서 냄새가 말도 못 하게 났다. 다 먹고 빈 식판을 가지고 나오다 넘어지는 아이, 잔반을 아이들 나누어 주는 반찬통에 쏟아붓는 아이 등 사연은 한 달이 지나면서 좋아졌다. 난 그 3월에 급식을 두세 번이나 먹었으려나. 그것도 밥이 코로 들어가는지 입으로 들어가는지 모를 정도의 대란이었다.

가끔 교사들의 보육은 어디까지일까 하는 생각이 많이 든다. 그래도 잘 버티고 내 일인 줄 알고 살아냈다.

미녀 사총사

교감이 되면 교사들은 업무적으로 와서 이야기를 나누지만 사실은 조금 외롭다. 물론 교장 선생님은 더 외로울 것이다. 그런데 그 외로움을 덜어 준 학교가 있었다.

교무 행정사가 두 분 계셨고, 오후에 출근하는 방과 후 행정사님이 계셨다. 도서관에는 도서 실무사 한 분이 계셨는데, 넷이서 마음이 잘 맞았다. 나는 그들을 '미녀 사총사'라고 불렀다.

어떤 일이든 힘을 모아야 한다고 하면 넷이서 뿅 나타나 일을 척척 해결했다. 손님이 오시거나, 학교 행사도 넷이면 안 되는 게 없었다.

내가 대수술을 하고 와서 목소리가 나오지 않아 고생할 때에도 스케치북에 써진 글만 보고도 일을 척척 해 주곤 했다. 기침하는 나를 보건실에 쉬게 하고 연락을 주고받아 나를 힘들지 않게 하는 일에 적극적이었다.

다른 학교로 옮기고도 그녀들을 세컨 하우스에 초대했다. 모여서 떠들며 출퇴근의 어려움보다는 즐겁고 행복했던 이야기만 한다.

퇴직하기 전 그녀들을 불러 밥 한번 사야겠다. 내 교직 생활 중에 정말 행복했던 시간이었다고 다시 한번 말해야지. 미녀 사총사, 고마워요.

교문 밖에서의 근무

그때는 방학 동안에도 일직 근무를 할 때였다. 나랑 다른 1학년 선생님이 근무를 하는 날이다. 아침에 일어나니 눈이 허리까지 내렸다. 집에서 30분 걸려서 학교 정문에 도착했는데, 그래도 길을 사람들이 조금씩 치워서 걸어갈 수 있었다.

교문 앞에 도착하니 같이 근무하는 선생님이 와 계셨다. 다행히도 시내버스를 타고 오셨다고 한다.

그런데 교문에서 교무실까지 갈 수가 없었다. 밤새 혼자 근무한 숙직 주무관님은 열심히 건물 앞에서부터 눈을 치우시고, 우리는 학교 앞 문구사에서 삽과 도구를 빌려 토끼 굴을 파듯 눈을 치우기 시작했다.

결국 점심때는 문구사에서 라면을 먹고 또 눈을 치우기 시작했다. 그리고 5시가 되어 아직 이어지지 않은 길을 내일 치우기로 하고 일직 근무를 마쳤다. 다음 날 또 열심히 치워 오전에 다 치우고 숙직 주무관님과 라면을 끓여 맛있게 먹고 있는데, 운동장 쪽에서 이상한 소리가 들렸다.

"뿌지지지직!"

"선생님, 이게 무슨 소리일까요?"

"어머나, 조회대 지붕이 무너지고 있어요."

"아이고야!"

눈의 무게를 이기지 못하고 조회대 지붕이 무너지고 있었다. 다음 날 교장실에 불려 가 그 눈을 치우지 않았다고 큰소리로 야단을 맞았다. 그러나 우리는 그 눈을 치울 수가 없었다. 눈 때문에 사다리를 놓을 수도 없었고, 누군가 올라갈 수도 없는 상황이었다.

교사들의 점심식사

점심을 배달시켜 먹거나 도시락을 싸 와야 하는 때 일이다. 지금처럼 햇반이라도 있으면 모르나, 배달도 되지 않는 그 학교에서는 어려움이 많았다.

결국 선생님들이 의견을 모아 밥을 해 먹기로 했다. 반찬은 시장 반찬 가게에서 사 오고, 간단하게 국이나 찌개를 끓여 먹기로 한 것이다.

아이들이 셋이나 있는 나는 우리 반 아이들을 가르치면서 한 학기

동안 밥 하고 국이나 찌개를 끓여 교사들의 점심을 해결해 드렸다. 말이 쉽지, 입맛도 각양각색이고 입이 짧으신 분과 아무것이나 잘 드시는 분 등 취향도 다 달랐다. 6개월 후 나는 두 손 들고 말았다. 남교사들은 주무관님 댁에서 사모님께 점심을 먹기로 하고 여직원들은 도시락을 싸 가지고 왔다.

먹고 사는 일은 참 중요하다. 그런데 그런 곳에서 점심을 해결하느라 고생도 많았다. 그곳 교장 선생님은 산속에 있는 학교에 근무할 때 동해에서 일주일 먹고 살 쌀과 부식을 짊어지고 학교에 가서 아이들 밥과 반찬을 해 먹이고 살았던 적도 있었다고 한다. 지금은 그 학교가 없어지고 무슨 카페인가 체험장인가로 변했다고 한다.

그리고 세월이 지나 학교에서 급식을 하면서 교직원들과 학생들의 점심이 해결되고 있으니 참 감개무량하다.

교사라는 직업의 인연

보통 한 선생님과 두 번의 만남은 그래도 흔한 일이다. 그런데 세 번의 만남은 흔하지 않다. 그런데 단순히 같이 근무하는 일이 아닌, 가족을 만나는 일은 흔하지 않은 경우다.

3대 4명의 가족과 함께하는 건 참 드문 일이다.

친구 아버지와 근무를 했는데, 그 시간이 아주 소중했었다. 동해로 와서 처음 적응하느라 애쓸 시기였는데, 그분은 아들 친구라는 말에 내가 애틋했는지도 모른다. 불미스러운 일로 명퇴를 하게 되었을 때도 나를 걱정해 주셨다. 그리고 그의 손주며느리와 같이 근무를 하고 마지막으로 손주와도 같이 근무하게 되었다. 인연이 무엇일까? 그분의 장례식에서 나의 눈물은 정말 진한 그리움이었다.

이제 아들도 교직을 떠나고 손주와 그 며느리가 교직을 지키고 있다. 내가 지키고자 애썼던 그 세월 속에 모든 것은 변하고 대를 이었다. 제발 그래도 공교육이 있어서 우리의 미래가 밝고 좋았다는 말을 듣고 싶다. 한때는 교육자도 노동자라고 외쳤던 많은 분들도 이제는 모두가 노동자임을 알지만, 그래도 조금은 사람 사는 맛이 남아 있지는 않을까? 그래도 선생이니까.

교대 생활 에피소드

난 대학 생활이 재미없었다. 춘천에 살면서도 석사동에 춘천교대가 있는지도 모르고 살았으니 말이다.

모든 아이들이 그러하듯 서울로 대학을 갈 생각만 했지만, 현실은 그렇게 녹록지 않았다. 동생들이 넷이나 있었기 때문이다.

담임선생님께서 쓰고 접수한 교대에 입학해서 그냥저냥 다니고 있는데, 선택반이 과학이라 그건 좀 흥미가 갔다. 축제 때 캉캉 춤이나 인디언 춤도 좋았고, 불났던 화학 시간도 재미있었지만 생물이 가장 좋았다.

5월 개구리 해부를 한 후 그 개구리를 삶아서 뼈를 추린 다음에 본드로 붙여서 개구리 표본을 만들기로 했다.

개구리를 강원대 쪽(그때는 모두 논이었음) 논에 가서 밤에 어렵게 잡아다가 삶아 놓은 다음 날 아침 학교에 갔다.

그런데 바리게이트가 쳐져 있고, 군인들이 총을 들고 서 있었다.

영문을 몰라 들어가도 되겠느냐고 조심스럽게 물었더니, 철컥 총을 장전하면서 집으로 가라고 했다. 전라도 광주에서 전쟁이 나서 대학교가 문을 닫으니, 나중에 뉴스를 보고 해결되면 학교에 오라고 했다.

그게 광주 민주화 운동이었다.

우리는 9월에 학교에 갔고 내가 삶아 놓은 개구리는 물이 되어 다 말라 있었다.

닭 40마리를 죽여 닭볶음탕을 만들고 겉은 닭 표본도 만들었는데, 모두가 못 죽여서 엄마에게 배운 솜씨로 그 닭들을 모두 죽이기도 했다. 12월 3일 커피를 마시며 종강을 했는데, 커피는 주전자에 타고, 커피잔은 비커로 각자 취향에 맞추어 200ml, 250ml, 500ml 등으로 마셨다. 밖에는 정말 주먹만 한 함박눈이 펑펑 쏟아지고 있었다. 그 생물 교수님께서 발령받은 후 추수 지도도 와 주시고 편지를 보내 주셨다.

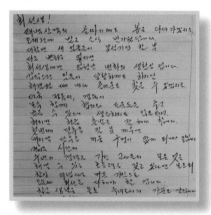

○○와 □□

관사에 살 때 일이다.

관사의 아래층에는 보건 교사와 유치원 교사가 살림을 살았다.

그들은 토요일이 되면 동해와 강릉의 본가로 갔지만, 우리는 이곳을 지켰다. 우리 아들과 두 집의 딸들이 같은 병설 유치원을 다녔다.

"오빠, 나 ○○인데 나랑 결혼해요."

"오빠, 나 □□인데 나랑 결혼해요."

매일 아침 걸려 오는 꼬맹이들의 러브콜로 행복한 하루하루가 시작되었다.

그해 겨울, 눈이 너무 많이 왔다. 기름보일러에 기름이 떨어지고 온 가족이 벌벌 떨며 지낼 때, 겨우 토끼 굴처럼 눈길을 헤치고 기름이 배달되어 환호를 부르던 시간도 있었고, 유성 쇼를 본다고 밤새 덜덜 떨며 하늘을 바라볼 때 그 하늘은 참 시리도록 파랬었다.

가리비 사다 구워 먹고, 동막 바닷가에서 자연산 섭을 한 자루 따서 구워 먹으며 늦은 해수욕하던 것도 기억하겠지.

그 유치원 선생님은 원감이 되셨고, 보건 선생님은 많이 아프시다가 다시 건강을 찾아 복직하셨다는 이야기가 들렸다. 아이들은 모두 사회의 일원으로 잘 자라고 있겠지.

3월에 와서 다음 해 12월 겨울방학이 시작할 때까지의 길지 않은 관사 생활은 많은 이야기를 남겨 주었다. 그래도 관사 생활은 참 즐겁고 행복했던 것 같다. 동해를 와도 우리 집이 없어 다시 도계로 갈 때는 아이들도 우리 내외도 참 마음이 아팠다.

숙직실에서 근무한 가족

막내가 돌도 되지 않았을 때이다. 학교에 가서 일직을 해야 하는데, 남편은 아이 셋 육아가 힘들었는지 아이들을 다 데리고 학교에 온다. 날이 따뜻할 때는 운동장이나 놀이터에서 아이들을 보다가 점심을 먹일 때만 들어오면 되는데, 겨울이 문제였다. 다섯 식구 점심과 기저귀 가방(분유와 젖병 등이 들어 있음), 아이들 숙제와 여분의 옷 등을 한가득 메고 교무실에 온다.

우선, 해야 할 업무를 듣고 나서 할 일을 다 하고 나면 10시가 조금 넘는다. 그러면 전화 받는 일에 소홀하지 않도록 신경을 쓰면서 징징대는 아이도 업어 주고 아이들 숙제도 봐주고 그림 그리기도 도와주다 보면 12시가 넘는다.

그사이에 준비해 온 점심 도시락을 꺼내 온 가족이 점심을 먹는다. 그리고 아이들을 숙직실에 재우고, 재운 아이들은 남편이 본다. 틈틈이 남편도 수업 준비를 한다.

다음 주 수업 준비도 하고 큰 애와 놀아 주다 보면 막내와 둘째가 깬다. 그리고 오후 시간을 정신없이 보내고 숙직 교사와 업무를 바꾸면서 집으로 간다.

그때는 일직이 왜 그리도 많은지, 일요일만 쉬는데, 학교에 와서 근무하다 보면 집안일은 산더미처럼 쌓였다.

온 가족이 숙직실에 근무하며 먹던 떡국은 지금도 구수하게 느껴지지만 참 힘든 시절이었다.

그렇게 일 년 엄마의 삶은 계속되었다.

폐 수술 이어 또 수술

너무나 힘든 한해였다. 건강검진에서 왼쪽 폐 하엽에 뭔가 두 개의 종기(?)가 보인다고 했다. 큰 병원을 가 보란다. 아이들의 SNS를 동원해 서울의 큰 병원을 예약하기 시작했고 가장 빠른 날짜에 예약된 삼성서울병원으로 결정, 진료를 받기 시작했다. 검사하고 결과 보고 수술 날짜 잡고 하면서 서울을 이웃집 가듯이 다녔다. 입원해서 다시 검사받고 흘러가는 2018년 하반기는 너무나 고통스러웠다.

10월 17일 7시간의 수술은 잘 되었다. 하지만 목소리를 잃었다. 긴 시간 수술하면서 인공호흡기가 왼쪽 성대를 마비시켰고, 나는 말을 못 하는 사람이 되어 있었다. 특히 왼쪽 폐나, 기관지, 갑상샘 수술 등에서 이런 결과를 가져온다고 했다. 난 이미 수술할 때 모든 후유증에 승복하기로 했는데, 선생이 목소리를 잃는 것에 대해서 한 번도 생각조차 하지 않았기에 그 충격은 대단했다. 아무에게도 말하지 못하고 혼자 명퇴를 수없이 생각하고 생각했었다.

의사 선생님은 그럴수록 일을 계속 해야 한다고 절대 안 된다면서 잘 견뎌 보라고 했다.

2년이 흘렀다. 이제 끝인가 보다 했는데, 추석 무렵 갑자기 오한이 나고 엄청난 열이 올랐다. 병원에서도 이유를 모르겠다고 했다. 점점 더 악화되고 급성 신우염을 우려했는데, 복부 CT에서 난소에 문제가 있다고 했다. 그리고 다시 삼성서울병원에 의뢰를 해서 길고 긴 병원 투어를 또 시작했다. 다음 해 2월 난소 제거 수술을 8시간에 걸쳐서 하고 5일 만에 퇴원, 교육 과정 함께 만들기를 했다. 3월, 급한 일들을 다 처리하고 이번에는 오른쪽 폐에 있는 종기를 제거했다. 다시 50여 일 긴 투병 생활을 하고 출근했다.

놀라운 건 모두 '염증성 근섬유아세포종'으로 같은 세포종이라고 했다. 암은 아니지만 전이도 아닌 게 왜 여기저기서 발견되는지 알 수 없다고 했다. 난 그렇게 5%의 희귀 질환자로 분류되어 3개월, 6개월, 1년으로의 정기검진을 계속하고 있었다. 지난 1월 10일 폐 CT를 찍고 17일 결과를 보러 갔는데, 그 결과 너무 건강하다고 이제 1년에 한 번씩만 오면 된다고 하셨다.

"선생님 덕분에 2월 말에 정년퇴임을 합니다."

"아, 그렇군요. 이제는 검사하면 검사비가 많이 나옵니다."

웃으며 던진 말씀을 들으며 가볍게 병원 문을 나섰다.

그렇게 보낸 세월이 4년이 지났다. 목소리는 더 악화되지 않고 아주 조금씩 변화가 있다. 어떤 사람들은 감기 걸렸냐고도 하고, 어떤 이들은 노래를 많이 불러서 목이 쉬었냐고도 한다. 어찌 되었든 명예퇴직을 하지 않고 잘 견뎌서 이제 정년퇴임을 앞두고 있다.

수고했다. 최승숙!!! 참 수고 많았다. 쓰담 쓰담~~^^

김장하는 날, 그리고 날아간 훈장과 승진

아직도 수술한 후유증으로 목소리도 잃고 힘들어하는데, 주말에 학교에서 김장을 한단다. 학부모회에서 해서 운동부와 독거노인, 어려운 환경의 학생들에게 나눔을 한다고 했다.

난 힘들게 동참을 하고 내려오다 적색과 황색 점멸등 있는 교차로에서, 서 있는 카니발 뒤로 오는 직진 차를 보지 못하고 진입하다 사고가 났다. 경찰서에서 조서를 꾸미고 벌금 100만 원을 냈다.

누구 탓도 아니다. 내가 조금만 더 조심했으면 좋았을 텐데 하는 아쉬운 생각도 든다. 적색 점멸등과 황색 점멸등에서 적색 점멸등의 책임이 더 큰 것도 모른 내 탓이다.

1991년부터 운전을 시작해서 과속 딱지도 하나 받은 적 없는 내가 벌금을 낸 것은 참 엄청난 일이었다. 그리고 내 인생이 앞길이 달라졌다.

그 사고로 인해 교장 승진도 날아가고 42년 훈장도 날아갔다.

그런데 생각해 보면 내가 싫어하는 분이 주는 훈장도 교장 자격증도 받지 않게 되어서 더 좋은 것 같다.

나는 내 소신껏 최선을 다해서 떳떳하게 잘 살아왔다. 내 인생 자체가 날아간 것이 아니기에 웃으며 퇴직을 준비한다.

탁구 치며 제2의 인생 준비

40대 초반, 남편이 나중에 퇴직하고 같이하는 운동이 있었으면 했다. 본인이 탁구를 잘 치니 나더러 탁구를 배우라고 했다.

처음에는 공도 맞히지 못했는데, 열심히 레슨도 받고 레슨이 끝나면 남편이 다시 데리고 가르쳐 주니 다른 분들보다는 빨리 실력이 늘었다. 5부에서 우승도 하고, 남편과 혼합 복식에서도 준우승을 했다. 단체전에서도 우승하고 나중에는 생활 체육 대표로 뛰기도 했다. 교육청 대표로 나가 상도 탔다. 전국 생활 체전에 강원도 대표로 나가는 영광도 누렸다.

저녁만 먹으면 가방을 둘러메고 탁구를 치러 갔다. 영월, 강릉, 춘천, 인제, 태백 등 시합을 가면 솥단지를 걸고 육개장을 끓여 오고가는 회원들에게 밥을 먹이기도 했다. 여러 가지 나물을 만들어 비빔밥을 해 먹은 적도 있다.

강원도 지사의 한마음상도 타고 신문에도 나오고 그 시절 참 행복했다.

약 15년의 즐거움은 폐 수술과 코로나로 인해 탁구를 접었다. 다시 호흡하기가 좋아지면 그때 생각해 보자.

다시 시작하는 인생, 골프

마지막으로 간 학교는 골프 특성화 학교였다. 모두의 눈치가 보여서 골프를 배우고 싶은데 망설였다. 프로님의 권유로 시작한 건 내 인생 최고의 선택이었다. 남편도 퇴직한 후라 몇 번 해 보더니, 하겠다고 해서 우리 내외는 최선을 다해 열심히 배웠다. 남편은 너무 열심히 해서 갈비 7대가 부러지고 붙기를 반복하는 6개월 사이에, 나는 대수술을 2월과 3월에 연달아 했다. 병가 두 달 후 고급 골프채를 완벽하게 준비해서 아이언을 질질 끄는 운동부터 시작했다. 들고 다니기, 똑딱이, 하프스윙, 풀스윙과 함께 드라이버 치기 등 여름방학 때에는 시간만 되면 올인했다. 퇴근 후엔 7시 반까지 치고 남편이 차려 준 저녁을 먹었다. 겨울방학과 휴일에는 출근 시간과 퇴근 시간에 바나나, 두유, 방울토마토 등을 가져와 먹으면서 연습을 이어갔다. 살도 최고 12kg이나 뺐다.

그렇게 해서 골프가 점점 재미있어지고 최선을 다했더니 많이 좋아졌다. 처음 머리 얹으러 블랙밸리에 가서는 102타를 쳤는데, 최고의 기록은 스크린 68타 치고, 그린에 나가서는 설악썬밸리에서 92타를 쳤다.

이제는 즐기기로 했다. 태국에 가서 열흘 치고 오면 아마도 좀 더 즐기는 삶으로 변하리라 생각한다.

근처 골프장들을 지인들과 다니면서 스트레스받지 않고 행복하게 라운딩하는 게 작은 목표다. 그리고 시간이 지나면 자식들과 손주들과 라운딩하는 날이 올 것이다. 그런 날들을 기대해 본다. 생각만으로 가슴이 벅차다.

세컨 하우스를 만들다.

남편은 퇴직을 준비하면서 내게 물었다.

"당신은 아이들 셋 모두 잘 키우고 대수술을 네 번이나 하고도 이렇게 건강해졌는데, 혹시 선물 받고 싶은 게 있나?"

"선물이요? 생각해 둔 게 있는데."

"말해 봐요."

"난 퇴직을 하고 나만의 공간에서 다육이 등 화초 가꾸기, 캘리그라피 쓰기, 책 읽기, 내가 직접 만든 차를 지인들과 마시고 싶어요. 그리고 퇴직 교사 며느리의 시어머니 공부방을 하고 싶어요."

"응?"

어머니는 옛날 산 넘어 야학을 5일 다니다가 어른들의 반대로 그것조차도 할 수 없었다는 이야기를 들었다. 그래서 책가방과 준비물을 사서 며느리 선생에게 학교를 가듯 배우러 오고, 그러면서 시도 쓰고 그림도 그리게 하고 싶다고 했다. 혼자 오기 어색하면 친구 한 명, 두 명 데리고 오고.... 그런 공간이 있었으면 좋겠다고 했다.

남편은 퇴직금을 털어 우리 아파트 1층을 사서 내가 원하는 대로 해 주었다. 상가아파트라 상가 위에 넓은 마당이 있고 바다도 잘 보이는 정남향이다. 우리 집은 6층이라 엘리베이터만 타고 오르락내리락하면 된다.

마당에는 방울토마토, 고추, 호박도 심고 그동안 키워 왔던 화분들과 다육이도 가득하다. 계절마다 예쁜 꽃들을 심어 아파트 주민과 지나가는 사람들에게 꽃구경을 시켜 드린다.

1년 6개월 동안 잘 준비해 놓았다. 이제 난 아침마다 1층 그곳으로 출근을 할 것이다. 그리고 5시면 6층으로 퇴근할 것이다.

'산소 여자 파이팅!'

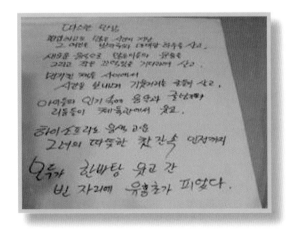

일 년 엄마와 산소 여자

1판 1쇄 발행 23년 03월 03일

지은이 최승숙

교정 신선미   편집 이혜리
마케팅·지원 이진선

펴낸곳 (주)하움출판사   펴낸이 문현광

이메일 haum1000@naver.com   홈페이지 haum.kr
블로그 blog.naver.com/haum1007   인스타 @haum1007

ISBN 979-11-6440-305-9(03800)

좋은 책을 만들겠습니다.
하움출판사는 독자 여러분의 의견에 항상 귀 기울이고 있습니다.
파본은 구입처에서 교환해 드립니다.